Für Judith, in Liebe

# Inhalt

# Vorwort

Das ist ein sehr persönliches Buch. Damit meine ich nicht, dass es von mir und meinem Leben handelt (und wenn, dann nur am Rande), sondern indem ich über meine Reaktion auf Bücher und über meine Gedanken und Gefühle nach dem Lesen verschiedener Texte schreibe, zeigt es vielleicht mehr von mir, als mir gemeinhin lieb ist.

Dabei ist dieses Buch nichts weniger als eine Sammlung an Rezensionen. Vielmehr sind es freie Fantasien, die sich am Gelesenen entzünden, Gedankensplitter, die ich meist direkt nach der Lektüre notiert und im Lauf der Zeit gesammelt habe und mit denen ich versuche, das Gelesene in mein Leben zu integrieren.

Diese Herangehensweise an Texte ist mir seit meiner Kindheit die Liebste. Ich habe es nie gelernt (wollte es wohl auch nie), Texte objektiv zu zerlegen und mich mit Lupe und Messer an eine Textinterpretation zu machen, um auf diesem Weg zu neuen Erkenntnissen und Einsichten zu gelangen.

Ich anerkenne natürlich den Wert einer kritischen Auseinandersetzung mit literarischen Texten. Für mich persönlich aber habe ich bewusst einen anderen Weg gewählt, den Weg der Betroffenheit, den Weg einer direkten Berührung durch Worte und eine Reflexion über meine ursprüngliche Reaktion darauf.

Denn so wurden die Texte seit jeher am fruchtbarsten für mich.

Ich glaube, dass das ein Zugang ist, der heute furchtbar nottäte. Denn heute werden literarische Texte fast nur noch als verstaubte Relikte einer vergangenen Zeit angesehen, fast so, als würden sie uns nichts mehr angehen, als könnten wir, als Einzelne ebenso wie als Gesellschaft, auf Bücher (und mittlerweile auch auf das Lesen von Literatur an sich) verzichten.

Dabei wäre Lesen heute wichtiger denn je, denn wir brauchen gute Bücher. Nicht nur, um als menschliche Wesen zu wachsen, sondern auch, um uns in einer zunehmend verwirrenden Welt zurechtzufinden.

Dazu würde es aber auch gehören, dass wir als Buchliebhaber wieder stolz auf unsere Rolle werden und auf unserem Recht beharren, die Welt durch die Augen eines Lesers zu sehen und aus dieser Betrachtungsweise heraus Antworten auf Fragen der Zeit zu geben.

Davor allerdings müssen wir uns selbst wieder von Literatur berühren lassen, von Texten erschüttert und ergriffen werden und sie als wichtigen (wenn nicht gar wichtigsten) Teil unserer geistigen Persönlichkeit zu begreifen.

Einen solchen Zugang versuche ich hier mit diesen Geschichten aufzuzeigen und begreifbar zu machen.

Wenn ich mir die ausgewählten Bücher ansehe, dann merke ich, dass es sich fast ausschließlich um Werke der sogenannten „großen Literatur" handelt. Wobei ich dem Begriff große Literatur nur bedingt etwas abgewinnen kann und ihm eine ganz eigene Bedeutung zumesse.

Denn für mich zählt nicht die Stellung eines Werkes im anerkannten Kanon, sondern viel wichtiger erscheint mir, wie nahe ein Buch an der „Wirklichkeit“ ist, wie mutig und ehrlich der Autor im Schreiben war und wie begabt er seine Gedanken in Worte umsetzen und auf Papier bannen konnte.

Dass darunter viele anerkannte Werke zu finden sind, ist ganz natürlich – denn was sich 200 Jahre lang und mehr bewährt hat, das besitzt einen Wert, der schon von tausenden Menschen bestätigt wurde.

Doch gerade diese Bücher werden heute kaum noch gelesen. Und, weit schlimmer noch, es herrscht kaum noch ein Bewusstsein dafür, dass wir sie noch lesen müssten, um mehr über unsere heutige Welt und unsere Stellung in ihr zu erfahren.

Denn die großen Autoren sind nicht zu Unrecht groß. Sie sind wie Sternschnuppen, die zufällig in die Geschichte der Menschheit gefallen sind und die uns den Weg für Jahrhunderte erhellen.

Es muss so viel zusammenkommen, damit sich ein Genie entfalten kann. Es reicht nicht allein seine Anlage dazu, sondern es braucht eine Geschichte, an der er wachsen kann und sich entfalten, er muss in seine Zeit passen und er braucht ein aufmerksames Publikum, an dem er sich reiben kann, bis er glänzt.

Deshalb konnte es einen Shakespeare, Goethe oder Balzac auch nur einmal geben. Sie waren zur richtigen Zeit am richtigen Ort und haben sich über ihre Zeit erhoben. Dadurch haben sie Sichtweisen auf die Welt und das

Menschsein ermöglicht, die man nicht wiederholen kann und die unwiederbringlich verloren gehen, wenn wir ihr Werk nur noch in Archiven aufbewahren und ansonsten verrotten lassen.

Von allen Künsten hat es die Literatur am schwierigsten, obwohl der Zugang zu ihr so leicht scheint. Denn Werke der bildenden Kunst kann man einfach ansehen und sich daran erfreuen. Auch Musik kann man anhören und einfach genießen.

Aber die Literatur hat eine seltsame Rolle. Wir verwenden Worte und Sprache jeden Tag und glauben daher, dass wir sie in jeder Form verstehen können.

Aber die Buchsprache ist etwas ganz anderes als unsere alltägliche Rede. Sie hat eine eigene Form, einen eigenen Aufbau und sogar eine eigene Art der Verwendung von Wörtern und Sätzen.

Das ist auch ein Grund, warum gute Bücher kaum noch gelesen werden. Zeitgenössische Unterhaltungsliteratur hat es hier leichter, denn sie orientiert sich an unserer täglichen Sprache und an den uns bekannten Geschichten. Dadurch ist sie zwar leicht verständlich, überrascht uns aber auch kaum mit neuen Einsichten in das Leben.

Doch je gehaltvoller Literatur ist (und je wichtiger sie dadurch für uns wäre), desto schwerer wird es, sie zu verstehen.

Aber nicht nur die fremde Sprache verhindert einen leichten Zugang zu ihr, sondern auch die Art, wie sie geschrieben wurde. Denn alle Autoren waren fest verwurzelt in ihrer Zeit, atmeten ihre Werte, Vorstellungen und vielleicht auch ihren Aberglauben. Und das macht sie so schwer verständlich für uns.

Diese Bücher sind allerdings so wichtig für uns, dass wir für diese Probleme eine Lösung finden müssen. Denn jede Epoche hatte andere Leitgedanken, legte den Fokus auf andere Dinge und hat dadurch die Welt und den Menschen durch ein anders gebrochenes Licht gesehen. Und dadurch haben sie auch andere Lösungsansätze zu bieten.

Daher ist es so tragisch, diese Literatur nicht mehr zu lesen. Denn Dinge, die schon entdeckt und gesagt wurden, können auch wieder verloren gehen. Und wenn wir sie vergessen, dann dauert es vielleicht wieder Jahrhunderte, bis wieder ein Shakespeare oder Balzac kommt, um sie wieder auszusprechen.

Also was wäre zu tun?

Zuerst einmal sollten wir begreifen, dass uns die großen Dichter gar nicht so fremd sind, wie wir glauben und wir lernen könnten, sie zu verstehen. Dazu müssen wir uns allerdings bemühen, ihre Sprache zu lernen und über die zeitgebundenen Geschichten hinaus die tiefergehenden Weisheiten zu entdecken und in unsere Zeit zu transformieren.

Dafür gibt es zwei Wege. Den einen versuchen wir auf unserer Plattform „Der Leiermann" zu gehen. Wir versuchen anhand einer Einführung in die Geschichte und Kultur einen Grundstein zu legen, von dem aus man die wichtigsten Gedanken und Strömungen einer Epoche verstehen lernt.

Um von dort aus die Bücher wirklich zu verstehen.

Eine zweite Möglichkeit, die vielleicht nicht ganz ans Ziel führt, aber doch weit genug in die richtige Richtung weißt, ist es, sich auf die Dichter einzulassen und so lange um ihre Werke zu werben, bis wir sie verstehen und in unser Geistesleben integrieren können.

Damit wäre schon viel erreicht und fürs Erste könnten wir ihnen so wieder gerecht werden. Und das ist der Weg, den ich hier mit diesen Geschichten zu zeigen versuche.

Zum Schluss möchte ich noch auf einen Vorwurf eingehen, den ich oft zu hören bekomme. Immer wieder kommt die Frage, wieso viele meiner Texte so traurig klingen.

Darauf gibt es zwei Antworten. Die erste ist, dass die Texte weniger mit mir zu tun haben als es den Anschein hat. In erster Linie sind es, wie schon gesagt, freie Fantasien, mit denen ich auf das Gelesene reagiere, es verstärke und so versuche, es für mich fruchtbar zu machen.

Und die zweite Antwort ist: Da die Texte von Trauer handeln.

Von meiner Trauer, dass eine der wichtigsten Dinge der Welt, etwas, was den Menschen seit Anbeginn der Zeit ausmacht, dieses Geschichten erzählen, aufbewahren und unser Wissen weiterzugeben, immer weiter an Wert verliert und Gefahr läuft, verloren zu gehen.

Aber trotz all dieser Trauer - vielleicht kann ich mit diesen kleinen Geschichten das Tor zu dieser fremden Welt einen kleinen Spalt weit auftun.

Das wäre mehr, als ich mir erhoffen würde.

# Die Möwe Jonathan

Mit Achtzehn hatte ich eine Freundin, mit der ich alles teilte. Meine Gedanken, meine Träume, das tägliche Einerlei meines Lebens gerade so wie meine Sehnsucht nach einem freien, wilden Leben.

Doch obwohl wir uns so nahe waren, wurden wir nie ein Liebespaar. Vielleicht, weil wir uns zu vertraut waren, fast wie Bruder und Schwester. Vielleicht auch aus Angst vor dem Verlust unserer Unschuld und der Einsamkeit danach. Ich weiß es nicht mehr.

Aber trotzdem, auch wenn wir niemals die letzte Schwelle überschritten, so war es doch eine der schönsten Liebesgeschichten, die ich jemals erlebte.

Eines Morgens rief sie mich an, um mir zu erzählen, dass sie zu ihrem Geburtstag ein kleines Buch bekommen hatte. *„Über einen blöden Vogel. Und meine Mutter sagt noch: Lern fliegen! Sag, spinnt die Alte jetzt völlig?"*

Mich interessierte die Geschichte nicht besonders, und wenn ich ehrlich bin, dann vergaß ich sie auch bald wieder. Denn als junger Mensch ist die Welt doch nur ein Spielplatz voller Abenteuer, voller neuer, wichtiger Erkenntnisse und wir haben kaum die Zeit, unseren Freunden wirklich nahe zu sein.

Doch dieses kleine Büchlein sollte mir doch noch in die Hände fallen.

Denn einige Monate später entdeckte ich in ihrem Zimmer, eingeklemmt zwischen Tisch und Bett, einen kleinen Band und holte ihn hervor.

Und so lernte ich schließlich doch noch zu fliegen.

Denn hier war ein Buch, das mein Innerstes berührte. Ein Buch, das meine Sehnsucht beschrieb, meinen Hunger nach einem wahrhaftigen Leben, nach Freiheit, Leidenschaft und wachen Träumen.

Und das mir einen Weg aufzeigte, einen Weg, den ich gehen konnte, um nicht den Rest meiner Tage in Knechtschaft zu verbringen, im Kampf um das tägliche Brot, im müden Einerlei, gefangen in dieser Schmierenkomödie, die sich Leben nennt.

Hier gab es endlich etwas, wofür es sich zu kämpfen lohnte. Etwas, das wichtiger war als Gold, wichtiger als Liebe, Freundschaft, Macht und all der Tand, den uns die Welt zu bieten hat.

Und diese kleine Möwe wies mir einen Pfad, den ich beschreiten konnte.

Meine Freundin muss bemerkt haben, wie es um mich stand, denn ich erinnere mich noch an ihren seltsamen Blick. Aber das erste Mal in unserer Freundschaft war ich allein.

Denn wo ich einen Lehrer für mein Leben sah, da erblickte sie nur einen schmutzigen, grauen Vogel.

Ich glaube, das war das Ende unserer gemeinsamen Zeit. Auch wenn wir es nicht wahrhaben wollten und danach noch jahrelang befreundet waren. Doch irgendwann trennten sich unsere Wege und heute weiß ich kaum noch etwas von ihr, die einst alles für mich war.

Ich ging den Weg, den das Buch mir wies. Stockend, einsam, immer auf der Suche nach meiner Spur. Den größten Teil der Zeit blind stolpernd, verzweifelnd, bis ich schließlich vom Pfad abkam und mich verlor.

Was mir fast das Leben kostete.

Aber das alles ist schon lange her und es lohnt kaum noch, davon zu sprechen. Nur in meinen Träumen, in den dunklen Stunden der Nacht, wenn ich weinend aus dem Schlaf aufschrecke, erinnere ich mich noch daran und ich denke voll Dankbarkeit an all jene, die mir damals nahe waren.

Die Möwe Jonathan.

Und meine Freundin.

Sie hieß Eva.

# Klingsors letzter Sommer

Für alte Leute ist es schön, vor dem warmen Ofen zu sitzen und zu träumen. Man streckt seine müden Glieder, die Gedanken beginnen zu wandern und man fühlt sich wieder jung und stark. Man denkt an früher, an all die Dinge, die vergangen sind, und fast vergisst man den Schmerz, dass sie bald, zusammen mit uns, verloren gehen.

Wenn es draußen kalt ist, wenn der eisige Wind an den Läden rüttelt und es stürmt und schneit, dann schweifen meine Gedanken unweigerlich ab und ich träume wieder vom Sommer.

Ich denke an den letzten Sommer, der erst vor ein paar Wochen zu Ende ging (Ist früher die Zeit auch so schnell verflogen? Wohin enteilt bloß die Zeit, wenn wir nicht hinsehen?).

Ich denke an all die Sommer, die vergangen sind. Schöne, kaum erinnerte und solche, die ich lieber vergessen würde. Und immer wieder kehren meine Gedanken zurück an einen Sommer, an diesen einen Sommer, der scheinbar einzigen Zeit, die heute noch zu zählen scheint.

Für mich wird es immer der Sommer Klingsors bleiben, ein Sommer voller Glimmer und Magie, ein Sommer im Schatten dieses Zauberers zwar, doch eine Zeit, also ich noch zu seinen Freunden zählte und mich selbst auf einer Morgenlandfahrt befand.

Wie jung ich damals doch war. Und wie wenig Besitz mein Leben beschwerte. Eine Gitarre, einige Kisten mit Büchern und ein altes Auto, um in die Berge zu gelangen.

Ansonsten war da nichts. Nur diese Hitze in mir und ein wilder Hunger auf all das, was man Leben nennt.

In jenen Tagen war die Welt noch in Ordnung. Ich war jung, voller Hoffnung, voll von Plänen und Träumen, und ich lebte tausend Leben an einem Tag.

Und das erste Mal in meinem Leben (und, wenn ich ehrlich bin, das einzige Mal) war ich wirklich frei.

Und genau in diesem Sommer fiel mir ein schmaler Band von Hermann Hesse in die Hände. Eine kurze Erzählung nur, die mir aber mehr vom Leben zeigte, als alle meine Lehrer und Erzieher bis zu diesem Tag.

Ich habe die Worte des alten Klingsor aufgesogen und ihn zu lieben gelernt. Ich ließ mich berauschen von der Schönheit dieses Buches, von den heißen Nächten, die er beschrieb, und dem Wahnsinn seines Verfalls.

In meiner Ausgabe finden sich noch ein paar Notizen aus jener Zeit:

*Nimm ein oder zwei Flaschen Wein, steck ein paar Zigaretten zu Dir und fahr hinaus an einen ruhigen Ort. Ein Berg, ein Hügel, ein kleiner Flecken Erde, auf jeden Fall eine Stelle, an dem Du in der Sonne liegen kannst, ohne dass Dich jemand stört.*

*Versuch, die Stille zu genießen, die Hitze auf Deiner Haut und das Flimmern der Luft über heißen Steinen. Horch auf das Summen der Fliegen, das Rauschen des Windes, riech den Staub, das trockene Gras und die leblose Natur.*

*Und dann, wenn Du merkst, dass Du der Welt, wenigstens für einen Augenblick, abhanden gekommen bist, dann nimm einen Schluck Wein und öffne Deine Augen für Klingsors Welt.*

Das war die einzig wahre Art, sich diesem Buch zu nähern. Verborgen vor den Menschen und der Welt, einsam, nackt und ungesehen.

Sich verlierend in einer Erzählung, die so intensiv war, so voller Leben und Wahrheit, dass es beim Lesen in den Augen brannte.

Auf dem Umschlagsblatt befinden sich noch ein paar Worte. Ein paar Worte zu Klingsor, natürlich, aber mehr noch zu dem Menschen, der ich damals war:

*Klingsor!*

*Klingsor, der Zauberer, der Verführer, der Freund Li Tai Pos, der Trinker, Maler, Dichter, der Suchende, der ein Leben führt, wie ein an allen Seiten brennendes Buch.*

*Klingsor, der malt, weint, durch die Welt läuft und spricht. Malt, träumt, sich das Herz aus dem Leibe reißt und dabei lacht. Die Frauen liebt, die Welt betrachtet, alles, alles zu sehen sucht, um es, mit letzter Kraft, auf die Leinwand zu bannen.*

*Und dabei brennt.*

*Und brennt.*

*Und brennt.*

*Bis er erlischt.*

# Mein Jahr in der Niemandsbucht

Peter Handke scheint wie aus der Zeit gefallen. Ein Sänger aus früheren Tagen, einsam und unverstanden, der hier sein Lied anschlägt und mit leiser Stimme singt.

Und trotzdem lauschen ihm die Menschen. Vielleicht, weil man in den kurzen Pausen, in seinem Atemholen und Zögern, eine längst vergessene Welt erblickt, eine Welt der Sagen und Mythen, die uns mehr zu geben hat als all die Dutzendromane der letzten Jahre.

Ich liebte Handke schon, bevor ich seine Bücher kannte.

Der Auslöser war ein Film über sein Leben am Rande von Paris, über sein Gehen, sein zielloses Schweifen durch den Wald und sein einsames Tagewerk.

Ich sah einen Menschen, der schön war. Nicht schön von Angesicht, kein Bild von einem schönen Mann, und vielleicht hat er nicht einmal eine schöne Seele. Aber ich sah einen Menschen, der schön war in seiner Wahrhaftigkeit.

Schon damals erschien er mir wie ein Mensch aus einer anderen Zeit. Wie ein alter Barde, aufrecht und ungebeugt, der unschuldig aus seiner Welt gerissen wurde und in unserer Zeit des Lärms und Wahnsinns gefangen war.

Eine Stelle besonders war es, die mich aufhorchen ließ und auf Jahre hinaus begleitete.

Handke erzählte von seiner Schulzeit, wie er von Zuhause weg in die Stadt geschickt wurde und er sprach über seinen damaligen Schmerz. Und darüber, wie er im wahrsten Sinne des Wortes sprachlos wurde.

Und im Reden überkam ihn die Wut. Nicht nur über das, was ihm angetan wurde, sondern auch über die Worte, die er seitdem tausend Mal hören musste: *„Es wird schon für etwas gut gewesen sein."*

Dann blieb für mich die Zeit stehen. Denn ich hörte etwas, von dem ich nicht wusste, dass man es sagen durfte, schlimmer noch, von dem ich nicht wusste, dass man es überhaupt denken konnte.

Wie aus tiefstem Grunde stieß Handke hervor: *„Nein, es war für gar nichts gut. Einen Scheißdreck war es gut."*

Da brach etwas in mir.

Ich merkte, dass die Welt ganz anders war, als ich glaubte. Ich sah zum ersten Mal einen Menschen, der seine Schmerzen nicht verleugnete, der sich bemühte, sie nicht zu vergessen und sich dadurch Tag für Tag aufs Neue kreuzigte.

Ich sah einen Menschen, der trotz allem aufrecht stand und seinem Schmerz ins Antlitz spie.

Und die Welt klang mir plötzlich wieder zusammen.

Als ich später seine Bücher zur Hand nahm, war ich enttäuscht. Da war nichts von dem Mann, den ich so liebte. Nichts vom ziellosen Streifen durch den Wald, nichts von den Märchen und den Sagen, nichts von dem Schmerz und der Trauer seiner Tage.

Nichts auch von dem Duft der Worte, der mich so berührte.

Es waren einfach nur Bücher, die mich langweilten, leblose Geschichten ohne inneren Klang.

Aber ich verlor meine Liebe nicht. Vielleicht ahnte ich schon damals, dass alles im Leben seine Zeit braucht und man manchmal warten muss. Und so fand ich für mich allein Momente der Stille, kleine Fenster, durch die ich in andere Welten sah.

Im Gespräch zweier Liebender, am Ufer eines Flusses, wenn das rasche Wasser über Steine floss, im Rauschen des Windes in einer alten Birke.

Im silbernen Holz einer alten Bank, die einsam auf einem Hügel stand, und wo ich ruhen konnte.

Und warten.

Und ich wartete.

Und irgendwann fand ich das Buch, das mir den Handke zeigte, den ich liebte. Den Sänger, den ich seit Jahren suchte und vermisste.

Ich weiß, dass Bücher ein Spiegel unserer Seele sind, in dem wir uns zu finden hoffen. Aber sind Künstler nicht auch dafür da? Um uns eine Welt zu zeigen, nach der wir uns sehnen und die schöner ist als unsere?

Und dieses Buch ist wirklich schön. In ihm wird Handke zum Sagenmeister, zum blinden (und darum so sehenden?) Sänger unserer Zeit.

Es ist ein Buch voll mit Momenten der Stille, ein Buch voller Schönheit, voll mit Geschichten, in denen die Zeit stillzustehen scheint und man hindurchblickt in eine andere, längst vergessen geglaubte Welt.

Etwa, wenn er von sich selber spricht, von seinem Versagen, und dass er sich, obwohl bald sechsundfünfzig Jahre alt, nicht kennt.

Und dann plötzlich schreibt: *„Und zugleich stieß gerade der Atlantikwind vor meinem Gartenzimmer ins nasse Wintergras."*

Das ist nicht nur schön, das ist nicht nur ein Kunstgriff eines alten Poeten, sondern es ist wie das Aufblitzen eines Lichtscheins in ansonsten dunkler Nacht.

„Mein Jahr in der Niemandsbucht" ist ein Buch, das man lesen sollte, Satz für Satz, wie eine Botschaft aus einer unbekannten Welt.

# Die Eleganz des Igels

Die meisten Autoren versuchen, uns eine schöne Geschichte zu erzählen. Sie konzentrieren sich auf den Aufbau, kümmern sich um die Handlung und ihre Sprache, und wenn sie gut sind, dann zeigen sie uns eine Welt, in die wir eintauchen können.

Und dann gibt es da noch ein paar wenige Autoren, die nicht nur eine gute Geschichte erzählen, sondern die gleichzeitig, fast im Vorbeigehen, an tiefergreifende Wahrheiten rühren und damit unser Leben bereichern. Autoren, bei denen es auf manchen Seiten so funkelt von Gedankensplittern und Wortspielereien, dass man lachen könnte vor Freude.

Ich denke dabei etwa an Tolstois Worte über Napoleon oder die Gespräche zwischen Settembrini und Naphta und ihr Buhlen um die Seele des jungen Hans Castorp.

Natürlich gibt es auch Autoren, die an dieser Aufgabe scheiterten. Ich will nur zwei davon erwähnen, weil ich ihr Werk trotz vieler Schwächen liebe und mit Genuss gelesen habe.

Das eine ist „Sophies Welt“ von Jostein Gaarder, das andere ist „Der Schwarm“.

Beide erdrücken mit ihren Gedanken und Seitensträngen die jeweilige Erzählung. Bei J. Gaarder glaube ich, dass das mit Absicht geschieht, denn sein Buch ist eher eine Einführung in die Philosophie für Kinder als ein Roman, und die Rahmenhandlung dient nur dazu, die Geschichte spannender zu machen.

Bei Schätzing hingegen geht die Geschichte fast unter in einem Hilferuf, einem Wutschrei über den Zustand der Welt, der den Lesefluss immer wieder unterbricht und der der Geschichte viel von ihrer Schönheit nimmt.

Eine zeitgenössische Autorin hingegen, die diese Aufgabe wunderbar gemeistert hat, ist die französische Philosophin Muriel Barbery.

In „Die Eleganz des Igels“ erzählt sie eine Geschichte, die so wahr ist, die so nah am echten Leben streift und dabei so prall gefüllt ist mit stiller Lebensweisheit, dass es einem beim Lesen fast schmerzt und das Wasser in die Augen treibt.

Mich berührt diese Erzählung einer alternden Concierge, die ihr Innerstes vor der Welt versteckt, um sich ungestört dem Genuss von Kant, Mozart und Ozu hinzugeben.

Und die dabei ohne Bitterkeit auf die Menschen blickt, die nicht fähig sind, sie zu erkennen. Menschen, die nur mit den Augen sehen, die mit blinder Seele durch ihr Leben laufen und dabei über alles lachen, das sie nicht verstehen.

Etwa, als ein Vermieter sie darum bittet, eine Inkunabel in Empfang zu nehmen.

*„Na dann, viel Vergnügen“, sage ich und setze eine angewiderte Miene auf. „Ich bringe es Ihnen, sobald der Bote da ist.“*

*Die Aussicht, dass Pierre Arthens heute Abend an seiner Tafel als Bonmot die Entrüstung seiner Concierge zum Besten gibt, weil er vor ihr eine Inkunabel erwähnt und sie vermutlich etwas Anstößiges darin gesehen hat, erheitert mich außerordentlich.*

*Gott weiß genau, wer von uns beiden sich mehr erniedrigt.*

Ich liebe auch Barberys Idee, die Kritik am Zustand der Welt aus dem Munde eines Kindes erklingen zu lassen. Einer dreizehnjährigen Schülerin, die beschlossen hat, aus Verzweiflung über die Sinnlosigkeit des Erwachsenwerdens ihrem Leben ein Ende zu setzen.

Und die ihr Heft füllt mit Einsichten in das Wesen der Menschen und der Gesellschaft, mit Gedanken, so wahr, dass ich mir vorstellen kann: Irgendwo da draußen läuft Paloma durch die Straßen und weint.

*„Von Zeit zu Zeit nehmen sich die Erwachsenen offenbar Zeit, sich hinzusetzen und die Katastrophe zu betrachten, die ihr Leben ist. Sie jammern dann, ohne zu verstehen, und wie Fliegen, die immer gegen die gleich Scheibe stoßen, werden sie unruhig, sie leiden, verkümmern, sind deprimiert und fragen sich, welches Räderwerk sie dorthin geführt hat, wohin sie gar nicht wollten.“*

Und sie gibt sich selbst die Erklärung.

*„Was schiefläuft, ist, dass die Kinder die Reden der Erwachsenen glauben und dass sie sich, wenn sie selbst erwachsen werden, rächen, indem sie ihre eigenen Kinder irreführen.“*

Aber es sind nicht nur diese schönen Stellen, die mir das Buch so wertvoll machen. Wäre es so, dann hätte es nur den Wert einer guten Aphorismensammlung.

Sondern es ist die ganze Geschichte mit ihren lebendigen Figuren, die einsam schön dasteht und mir, was selten ist, ans Herz greift, mich lächeln lässt und wehmütig an längst verlorene Tage denken.

Und das ist mehr, als ich erwartet habe.

Das erneute Lesen, das Blättern in einem solchen Buch ist wie ein Spaziergang in einem alten Garten.

Immer wieder entdeckt man neue Dinge. Auch wenn sich der Garten immer gleich bleibt, auch wenn der Gärtner an keiner Pflanze rührt, so sind doch wir es, die uns immer ändern und die Dinge anders wahrnehmen. Und sie dadurch neu erblicken.

Gibt es nicht die Theorie von der Erschaffung der Welt durch den, der sie betrachtet? Wenn nicht, dann ist es ein Buch, das es wert wäre, geschrieben zu werden.

Auch jetzt, bei meiner dritten Reise durch Barberys Werk, entdecke ich wieder Neues. Ich sehe den Pfad, den uns die alternde Renée zeigt und bin bereit, ihn als Möglichkeit zu akzeptieren.

Ihr Ausstieg aus dem Hamsterrad der Tätigkeit und des Kampfes um einen Platz an der Spitze. Der keine Flucht ist, sondern ein stolzes sich zurückziehen in die Welt der Kunst, der Worte und der Musik.

Um dort seinen Träumen nachzuhängen, seine Gedanken zu spüren und glücklich zu sein.

Und einfach nur zu leben.

Und auch wenn das Buch tragisch endet und mich wütend zurücklässt, bin ich dankbar für das Geschenk, das Muriel Barbery mir damit gemacht hat.

Und ich bin mir sicher, dass Paloma da draußen noch immer durch die Straßen läuft, etwas älter vielleicht, etwas reifer, aber noch immer mit einem Leuchten in ihren Augen.

Traurig lächelnd, bis zuletzt.

# Die Raben

Es ist eine meiner schönsten Erinnerungen.

Ich war wieder in den Bergen, auf den staubigen Pfaden, die ich so liebte. Bald schlug ich mich seitlich durchs Gestrüpp, kletterte entlang eines trockenen Bachbettes bergan und kam schließlich an eine unberührte Schneefläche, die hier oben den Sommer überdauerte.

Gerade, als ich sie betreten wollte, rauschte es über mir. Es waren zwei Raben, die mich, eng umschlungen, fast streiften, ihre Richtung änderten, aufstiegen und sich wieder fallen ließen, ineinander verhakt und um sich kreiselnd.

Einmal, zwei Mal, immer wieder.

Ich weiß bis heute nicht, ob ich Zeuge eines Kampfes auf Leben und Tod oder eines urtümlichen Liebesspieles war.

Aber mein Herz sang vor Freude, jubelte und jauchzte.

Und seit diesem Tag liebe ich die Raben.

Heute bin ich nur noch selten in den Bergen. Die staubigen Straßen rufen mich zwar noch, doch fällt es immer leichter, ihre Stimmen zum Schweigen zu bringen.

Nur manchmal noch gehe ich in Parks und betrachte dort die schwarzen Vögel, sehe in ihre dunklen Augen und warte, dass mein Herz sich regt.

Doch da ist nichts mehr.

Ich sehe nur noch müde Tiere, eingezwängt in ihren Käfig, und mein Spiegelbild in ihrem Blick.

Angestarrt. Ausgeliefert. Wir alle.

Auf beiden Seiten des Käfigs.

Vielleicht denke ich deshalb, ich sei ihr Bruder?

Immer, wenn ich die Raben sehe, denke ich an Rimbaud.

„ …

*Dann lass aus allen Wolken*
*Die Raben platzen, diese köstlichen Biester!*
*Entrückte Division messerscharfer Schreie,*
*frostige Winde attackieren eure Nester!*

… “

Ich weiß fast nichts von diesem Dichter.

Genauso wenig, wie ich von den Raben weiß.

Doch beide, mit ihren schwarzen Augen voller Leid, scheinen mir tiefer in das Menschsein zu blicken als wir Namenlosen.

Und beide gaben mir dasselbe Geschenk.

An manchen Tagen sehne ich mich nach Weisheit. Will das Lebens aufsaugen, alles Wissen und alle Liebe der Welt an mich reißen und nie mehr vergessen.

Doch meistens will ich einfach nur meinen Träumen nachhängen. Will mich nicht mit Büchern beschweren, nichts von der Welt und all ihrem Leid erfahren, sondern einfach durch Andere aus mich heraus noch tiefer in mich hineingeworfen werden.

Und das schenken mir beide, dieses Heraustreten aus mir und dieses staunende Fallen in mein ureigenstes Selbst.

Rimbaud spricht vom Herbst, den ich so liebe, vom Sterben, von der Vergänglichkeit des Lebens und von den Raben, die um all das wissen.

„ …

*Ihr, die gelbenden Flüsse entlang,*
*über Wege verblichener Golgathas*
*über Gräben, über Gruben*
*schwärmt aus, rauft euch zusammen!*
*Zu Tausenden, über Frankreichs Feldern,*
*wo die Toten von vorgestern schlafen,*

… “

In mir steigen lang vergessene Bilder auf. Erinnerungen, Wahnvorstellungen, Gesichter und Schrecken.

Rimbaud ist weit mehr als nur ein Dichter. Er ist ein urtümlicher Schöpfer, der eine Welt vor uns entstehen lässt.

Er erinnert an die Schlachtfelder Frankreichs, an all die jungen Männer, die für die kalten Träume der Alten sterben mussten.

Er erinnert an all die Schlachten, die wir Menschen führen. An die Schlachtfelder in uns, in mir, an meine zerrissene Seele mit all ihren Kriegen.

Er erinnert mich an eine junge Frau, mit der ich nicht leben konnte, und an all das Leid, die Wut und die Verzweiflung dieser Zeit.

An einen Freund, der mich nicht hielt, und an seine Tränen.

An all die Qual, die Angst und die Leere.

Und an meine Einsamkeit.

Er erinnert mich an die klirrende Kälte meines Winters, der einsam ist wie der Kuss einer ungeliebten Frau, und an die Wege, die wir alleine stolpern, unserm Ziel entgegen.

Und all das erinnert mich an Rimbaud selbst, mein besseres Ich. Der seine Kunst von sich warf, sein Land verließ und krank zurückkehrte, wo er schließlich, jung noch und gebrochen, in der Hütte seiner Mutter starb.

Sinnbild all jener, die in ihrem Leben versagten.

All das erinnert mich an die Raben. An die Raben, die ich einmal gesehen habe.

Die sich erinnern an den Tod. Die sich erinnern an den Kampf, an das Liebesspiel, und die um ihr Ende wissen.

Und trotz des Winters, trotz des Eises und der Kälte, in der wir leben, erinnert es auch an die Hoffnung, die überall erblüht, selbst an Orten, an denen wir es nie vermuten würden.

Die Hoffnung in jedem aufmunternden Wort, in jeder freundlichen Geste.

Die Hoffnung, auch für uns, die wir am Boden liegen, zu Tausenden, wie die Toten von vorgestern.

Vielleicht gerade für uns.

„…

*Aber Heilige der Lüfte, in Eichenkronen*
*– verlorener Mast am magischen Abend –*
*Lasst die Zaunkönige im Mai denen,*
*die am Grund des Waldes geknebelt*
*ins Gras*
*ohne Aussicht auf Flucht*
*in bodenloser Niederlage.“*

# Gammler, Zen und hohe Berge

Gedichte sprechen in ihrem Kern von Schönheit und von Freiheit, von Einsamkeit, Liebe und Schmerz.

Und für mich liegt all das in den Bergen.

Kennt ihr das Gefühl:

Es ist Sommer, ihr steht vor einem Hohlweg und durch die Bäume dringt gedämpftes Licht.

Längst vergessene Bilder fallen euch ein, von Zwergen, von Elfen, vom Hutzelmännchen und vom alten Waldschrat. Hunderte Erinnerungen aus eurer Kindheit, an längst verflossene Freuden und Tage.

Ihr seid der Welt entrückt und für einen Augenblick wisst ihr nicht, woher ihr kommt und wer ihr seid.

Ihr zögert, doch dann geht ihr los.

Ihr macht den ersten Schritt, die Blätter rascheln und reines Glück strömt durch eure Adern.

In den Bergen liegt Schönheit, in jedem Augenblick. Doch wir werden sie nie fassen können.

Denn die Berge sind uns feindlich gesinnt. Sie gehen alleine ihren Weg durch die Jahrtausende und bemerken kaum unseren hastigen Schritt (diese Unbekümmertheit um uns – gibt es für den Menschen eine größere Feindschaft?).

*„Ein Berg ist für mich ein Buddha, weißt Du. Denk an die Geduld, Hunderttausende von Jahren nur so dazusitzen und völlig, völlig still zu sein ...“*

In den Bergen spürt man die Einsamkeit. Niemand, der einen sieht, niemand, der ein Wort an uns richtet. Keine fremde Hand, die nach Dir greift.

Aber auch kein Geräusch, das uns erschreckt. Keine Menschen, keine Autos oder Smartphones. Nur Stille.

Stille.

Es ist so leise, dass Dir Dein Herzschlag in den Ohren dröhnt.

In dieser Stille beginnen schließlich sogar die Steine zu sprechen.

Daher sind die Berge auch ein Ort für Dichter.

Früher lief ich immer einsam durch die Wälder, erklomm hastig jeden Berg und rannte wieder hinab ins Tal. Immer abseits der Wege, bei Regen und Sturm und lang nach Sonnenuntergang.

Um zu sehen, was noch keiner vor mir sah.

Um an die Grenze zu gelangen und dort über den Rand der Welt zu blicken.

Und trotzdem, trotz all dem war ich wie so viele von uns blind und zu schwach, um wirklich zu sehen.

Doch die Dichter können uns die Augen öffnen.

*„Der Sperling hüpft die Veranda entlang. Seine Füße sind nass."*

Könnt ihr es jetzt sehen?

Dichtung. Dichtung, so schön wie ein alter Baum, der sich seit hundert Jahren an einen Berghang drängt.

Ein bleiches Gerippe nur, vielleicht, dessen Zweige aber geheime Muster in den Himmel zeichnen, die uns lehren.

Früher war ich in den Bergen einsam, denn niemand war da, der meine Sehnsucht teilte. Sehnsucht nach den Worten, Sehnsucht nach Freundschaft und Liebe, oder einfach nur nach einem Bad auf einem heißen Fels.

Aber in Kerouacs Buch lernte ich sie kennen: Han Shan, Shiki, Japhy und John Muir, die Zen-Besessenen Dichter eines freien Amerikas.

Durch ihn erfuhr ich, dass es irgendwo da draußen Menschen gab, die wussten, was es heißt zu leben.

Und so verlor ich meine Einsamkeit.

Irgendwo da draußen sind sie noch immer, auch heute noch.

Die Menschen, die in den Bergen klettern. Die Menschen, die sich von der Welt fernhalten. Die in alten Kneipen sitzen und mit Mädchen lachen.

Die Menschen, die Wein aus kaputten Krügen trinken, die sich in ihren Träumen verlieren, die lächelnd aus dunklen Ecken blicken, gehüllt in alte Jacken und einer staubigen Jeans.

Ohne Smartphone. Ohne Youtube, Facebook oder Snapchat. Nur Menschen, die alleine aufrecht stehen und weder berühmt noch reich sein wollen.

Sondern einfach nur „Sein“.

Und irgendwo da draußen sind auch noch die Dichter.

Nicht die Wortverdreher, die Silbendrechsler, die zwischen Fernsehen und Smartphone ein paar Zeilen in ihr Heftchen werfen, mit leerem Herz und dunklen Sinn.

Sondern Menschen wie Han Shan, Walt Whitman, Hesse oder Thoreau, die in die Berge gingen und die Einsamkeit suchten, um von dort aus mit ihren Pfeilen direkt auf unser Herz zu zielen.

Kerouac fand sie an der Westküste Amerikas. Und er endete mit einem Sack voller Gedichte auf „Desolation Peak“, dem Berg der Einsamkeit.

Wenn wir Glück haben, finden auch wir diesen Ort.

Vielleicht in den Bergen, vielleicht auch in der Einsamkeit unserer Träume. Denn dort sind die Orte, an denen wahre Schönheit blüht.

# Lebens-Ansichten des Katers Murr

Als ich noch zur Schule ging, hatte ich einen Lehrer, dessen undankbare Aufgabe es war, in unseren hohlen Köpfen ein erstes Feuer zu entfachen.

Und der daran kläglich scheiterte.

Eines Tages erzählte er voll Begeisterung von einem Buch, das die Welt aus der Sicht eines Katers schilderte. Und davon, wie sehr es ihn beeindruckt hatte und wie lustig es im Grunde war.

Und wir saßen einfach nur da, mit unseren jugendblinden Augen, und starrten ihm fragend ins Gesicht.

Ich kann mich noch erinnern, wie sein Lächeln gefror und er sich schließlich abwandte, einsam und allein.

Vielleicht war es das erste Mal, dass wir die berauschende Macht unserer Jugend spürten und die Kraft, die im nicht Wissen Wollen liegt.

Und vielleicht war das damals sogar schön.

Doch heute tut es mir in der Seele weh.

Ich sehe den alten Mann, wie er dort stand.

Vor ihm eine Mauer des Schweigens.

Feindlich.

Und gemein.

Jahre später, ich hatte mit diesem Leben schon lange gebrochen, entdeckte ich das Buch bei einem Trödler. Fleckig, mit Eselsohren und in der hässlichsten Ausgabe, die man sich denken kann.

Wie ein Blitz durchzuckte mich damals die Erinnerung und heimlich, voller schlechtem Gewissen, nahm ich es zu mir und schlich leise davon.

Zuhause warf ich es auf einen Stapel und wandte mich anderen Dingen zu. Und dann hätte ich es fast vergessen, wenn es mir nicht eines Abends direkt vor die Füße gefallen wäre.

Ich begann darin zu blättern und las.

Und las.

Kennt ihr das, wenn ihr ein Buch aufschlagt und es euch gefangen nimmt?

Ihr überfliegt die ersten Seiten, froh, bald das Licht zu löschen und zu schlafen, doch nach ein paar Kapiteln, nach ein paar Worten nur, nimmt euch die Geschichte mit sich fort und plötzlich ist es drei Uhr morgens?

Und ihr wisst, es wird ein schwerer Tag, ihr solltet eigentlich schlafen und ruhen, aber diese eine Seite möchtet ihr noch lesen, nur dieses eine Kapitel noch.

Und plötzlich hört ihr das leise Zwitschern der Vögel vor eurem Fenster und ihr wisst, die Nacht ist bald zu Ende.

Und ihr erwacht aus eurem Traum.

So ist es mir damals mit dem „Kater Murr“ ergangen, dem einzigen lustigen Buch der klassischen Literatur, das neben Charles Dickens „Die Pickwickier“ bestehen kann, und so ergeht es mir im Grunde auch heute noch.

Denn auch nach so langer Zeit ist es eine Wohltat, vom Kater Murr und seiner Welt zu lesen. Den feinen Humor zu genießen, mit dem Hofmann hier spielt und mit dem er das Wesen der Menschen schildert und ihr Wirken in seiner Zeit.

Doch es ist nicht nur diese vordergründige Geschichte allein, die das Buch so wertvoll macht. Hoffmann hat dahinter eine weitere Erzählung versteckt, die mir, je älter ich werde, immer wichtiger erscheint.

Denn aus Mangel an verfügbarem Papier hat der Kater Murr seine Beichte auf Blätter geschrieben, die er zuvor aus einem fremden Buche riss. Und der Drucker der Geschichte hat, aus Mutwillen oder purer Ignoranz, einfach beide Seiten gedruckt und zu einem Buch gebunden.

Und so erhalten wir, neben der Lebensgeschichte des Katers Murr, auch noch Einblick in das Leben des Kapellmeisters Johannes Kreisler. Und dieses Buch nun ist, mit all seinen skurrilen, derben Scherzen, ein Parforceritt durch das Seelenleben eines genialen Künstlers.

Das ist die Grundform und wahrhaft erfrischende Idee dieses Werkes.

Auf der einen Seite die Bildungsgeschichte eines feisten Philisters, am Leben eines Katers geschildert.

Und auf der anderen Seite die Seele eines Bürgerschrecks, eines gesellschaftlich verpönten Künstlers und verkannten Genies, der mit wütenden Schritten durch die gepflegten Gärten seiner Zeitgenossen stampft.

Mit leichter, amüsierter Stimme beschreibt Hoffmann hier einen Konflikt, der in allen fortgeschrittenen Zivilisationen zu finden ist und an dem so viele, vor allem junge Menschen, leiden.

Denn niemand kann sich „auf Adlerschwingen erheben ins Reich der Poesie“ und gleichzeitig gebunden sein an die harte Scholle der Realität.

Genau hier greift das Werk ein in das Getriebe der allzu Wohlanständigen und erzählt vom ewigen Zwiespalt des jungen Künstlers, der etwas Neues erschaffen will, und einer verknöcherten Gesellschaft, die nur darauf bedacht ist, das Alte zu bewahren.

Hofmann bemüht dafür das Zweigespann Murr und Kreisler.

Er zeigt den Kater als behäbigen Bürger, der nach einer kurzen Zeit des jugendlichen Übermutes einschwenkt in das gemütliche Fahrwasser des vorgegebenen Seins. In der festen Überzeugung, noch immer der verwegene und draufgängerische Held seiner Jugend zu sein, obwohl sein Spiegelbild schon lang von einer Lüge zeugt.

Ihm gegenüber steht Johannes Kreisler, der geniale Künstler, der dämonisch schöpferische Mensch, dem das Leben der Anderen nur Spiel und Bühne ist, nur Material, aus dem er seine Träume webt.

Dem am Ende nur der Ausweg in den Wahnsinn bleibt, der Untergang seiner Seele, während der Philister weiter am warmen Ofen sitzt und sich die dicken Beine wärmt.

Und doch, im Grunde ist es ein Gespann, das sich gegenseitig bedingt und braucht!

Genauso verschlungen wie Künstler und Bürger seit Jahrhunderten sind, der eine als Material und Grundstoff allen Lebens, der andere als mahnende Erinnerung an das leidende Selbst, genauso verschlungen ist auch dieses Buch.

Die Erzählung des wunderbaren E. T. A. Hoffmann, das zu lesen es sich lohnt.

Heute verstehe ich auch das Lächeln meines Professors besser.

Denn ist nicht auch ein Lehrer, ganz wie das dämonische Werk aus Hoffmanns Feder, ein seltsames Zwitterwesen? Mit einem Bein sich aufschwingend in der Welt der Künste und der freien Wissenschaft und mit dem anderen fest verwurzelt in der Hierarchie seiner Zeit?

Der er das Wichtigste schenken soll, das es für sie gibt – einen vollständig gebildeten Menschen.

Wie sehr muss das an ihm gezogen haben.

Vielleicht war er in seiner Jugend selbst ein Künstler. Vielleicht hatte er geheime Träume und Sehnsüchte und deshalb nur noch ein stilles Lachen für die Verworrenheit unserer Welt. Für unsere Jugend, unsere Torheit und vor allem für seine ungebrochene Sehnsucht danach.

Vielleicht galt das erlöschende Lächeln auch gar nicht ihm selbst. Vielleicht galt es uns. Weil er sah, dass sich der Funke nie so einfach weitergeben lässt.

Eine Erfahrung, die jeder Lehrer machen muss.

Und die bitter ist, wie sonst nichts in seinem Leben.

Aber vielleicht war er in Wahrheit auch nur ein feister Bürger, der aus seiner verknöcherten Bürgerseele heraus über unsere hochfliegenden Träume lachte und sich dabei eine blutige Nase holte.

Ganz so, als wäre ihm der Kater Murr ins Angesicht gefahren.

# Hölderlin Gedichte

*„Ringsum ruhet die Stadt; still wird die erleuchtete Gasse,*
*Und mit Fackeln geschmückt, rauschen die Wagen hinweg.“*

Abend, es wird Abend, und ich möchte ruhn.

Manchmal, wenn ich die Augen hebe, wenn ich unruhig durch die Gassen laufe und die grauen Gestalten mit ihren müden Blicken sehe, dann möchte ich schlafen.

Einsam liegen und vergessen.

Denn ich sehe Menschenopfer ohne Zahl, die abends nach Hause eilen, in ihre leeren Höhlen, um dort hungrig allein ihre freudlosen Tage zu beschließen.

War das schon immer so?

Ist das des Menschen Los?

*„Satt gehen heim von Freuden des Tages zu ruhen die Menschen,*
*Und Gewinn und Verlust wäget ein sinniges Haupt ...“*

War es nicht gestern erst, dass wir gemeinsam tanzten?

Dass unsere Herzen zusammen sangen und wir fest auf unserer Erde standen?

*„... fandst du, als Jüngling, doch*
*In den Tagen der Hoffnung,*
*Wenn du sangest, das Ende nie?“*
*Ist das denn so lange her?*

Wir haben doch alle nur kurz weggesehen, waren nur kurz abgelenkt. Und plötzlich ist alles verschwunden.

Wie kann das sein?

Wie konnte das so schnell geschehen?

Wohin sind auf einmal die Bücher, die Musik, die großen Werke der Bildenden Kunst?

Ich habe Angst.

Angst vor dem, was alles sterben kann.

Angst vor dem, was schon alles verloren ist.

Und ich möchte schlafen und vergessen, möchte alles schon hinter mir haben.

Denn schlimmer als das Ende sind all die kleinen Tode, die wir täglich sterben. Der Verlust an Schönheit, der Verlust an Hoffnung und der Schmerz in unserer Seele.

*„Die Mauern stehn*
*Sprachlos und kalt, im Winde*
*Klirren die Fahnen.“*

Die Fahnen, die mir einst so wichtig waren, die ich einst voll Stolz und Mut im Herzen trug, hängen nun einsam still im Wind.

Leblos.

Zerrissen.

Sprachlos und kalt.

Und nicht nur bei mir.

Irgendwann in den letzten Jahren haben wir alle unsere Spur verloren. Haben wir aufgegeben, die Schönheit verloren und sind von unseren Wegen abgekommen.

Auf meinen Fahnen stand die Musik, standen die Namen der Dichter, stand all das, was wir in Jahrhunderten aufgebaut hatten und das mir immer den Weg gewiesen hat.

Doch heute hängen sie leblos im Wind.

Merkt ihr es auch?

Die Mauern stehen sprachlos und kalt.

Die alten Tempel und Gräber, die Schlösser, Burgen, Kirchen und Museen.

Die Steine, die einst sprachen und uns zeigten, wer wir sind und wo wir gehen, sind nun leblos und tot.

Aber was machen wir, wenn es Winter wird?

Hinter welche Mauern sollen wir uns flüchten?

Und welche Bilder wärmen unser Herz?

*„Weh mir, wo nehm ich, wenn*
*Es Winter ist, die Blumen, und wo*
*Den Sonnenschein*
*Und Schatten der Erde?"*

Die Welt wird immer kälter und ärmer. Und mit ihr gemeinsam auch wir.

Seht in die Augen der Menschen, seht ihre Verzweiflung, ihre Einsamkeit, ihre Hoffnungslosigkeit und Angst.

Spürt ihr es auch?

Vielleicht stimmt es, was die Dichter sagen. Vielleicht sind wir wirklich ein sterbendes Geschlecht, frierend im fahlen Abendrot des Seins.

*„… Willst du im Abendrot*
*Froh dich baden? Hinweg ists, und die Erde ist kalt,*
*Und der Vogel der Nacht schwirrt*
*Unbequem vor das Auge dir.“*

Vielleicht ist heute deshalb so viel Trauer? So viel Leid, Verzweiflung, Müdigkeit und Schmerz?

Wer kann schon froh im Abendrot sich baden?

Die Erde wird kalt.

Und die Mauern, die uns schützen sollten, liegen zerborsten im Schnee.

Manchmal, wenn ich zu träumen versuche, meinen geliebten Schubert höre, in den Büchern von Balzac, von Hesse, Maupassant oder Rilke nach meiner Jugend suche, dann kann ich nur noch weinen und wünsche mir, zu vergehen.

Mir schmeckt diese Welt nicht mehr, in der alles Schöne flieht und die Welt in Dunkelheit versinkt.

*„Das Angenehme dieser Welt hab ich genossen,*
*Der Jugend Stunden sind, wie lang! wie lang! verflossen,*
*April und Mai und Junius sind ferne,*
*Ich bin nichts mehr, ich lebe nicht mehr gerne!“*

Doch manchmal packt mich der Grimm und ich wünsche mir, wir würden uns ermannen.

Spricht nicht ein Dichter vom Mut der Menschen im Angesicht ihres Endes? Von ihrer Verzweiflung und ihrer Kraft, die daraus erwächst?

Vielleicht sollten wir unser Leben nicht so verbringen. Vielleicht sollten wir noch etwas schaffen, etwas Schönes, bevor wir gehen. Der Kunst etwas zurückgeben, etwas von dem Geschenk, das sie uns gab.

Ich wünsche mir Museen voll mit Menschen, Konzerte, Bühnen, Opernhäuser im strahlenden Glanz.

Ich wünsche mir Künstler, die mit der Glut ihrer Werke unsere Herzen entzünden.

Ich wünsche mir Dichter, aus deren Mündern Weisheit spricht.

Damit die Mauern noch etwas länger halten.

Und wir nicht mehr frieren

Denn dann könnte ich in Frieden gehen.

# Immensee

Im Tonio Kröger bin ich auf ein paar seltsam berührende Worte gestoßen: *„Ich möchte schlafen, aber du musst tanzen"*.

Es sind Worte, die mich an meine Jugend erinnern, und gemeinsam mit ihnen weht ein Hauch von Sehnsucht durch mein Haus, ein Frühlingsduft von stiller Trauer, an den ich mich kaum erinnern kann.

Er gemahnt mich an Momente der Sehnsucht, an Nächte, in denen ich ruhelos einsam lag, denn die Frau, die ich zu lieben meinte, war nicht bei mir.

Kennt ihr diesen Schmerz, alleine zu liegen, immer und immer wieder? Und die, die für euch zählt, ist nicht mehr da?

Denn für sie gibt es da draußen eine ganze Welt zu erobern, eine Welt voll Musik und Tanz und wildem Klang und Lärm. Was zählen dagegen schon eure Träume von Einsamkeit und Liebe?

Das Gedicht erinnert mich daran, wie ich immer abseits stand. Wie ich das bunte Treiben der Menge aus der Ferne besah, voller Sehnsucht und Schmerz und doch unfähig, zu den anderen zu gehen.

Vielleicht ist das einfach das Los jeder begabten Jugend und es geht vielen Menschen wie mir, ich weiß es nicht.

Ich jedenfalls blieb immer allein, einsam allein in meinem Winkel, bis der Wunsch schlussendlich verging. Bis mein Herz einen Riss bekam und ich seltsam fröhlich wurde.

Denn irgendwann wollte ich nur noch meinen eigenen Herzschlag spüren, meine wilde Sehnsucht und den Schmerz. Und ich wollte immer mehr und mehr von dieser Einsamkeit, die das Herz so kalt macht und den Geist so frei.

*„Ich möchte schlafen, aber du musst tanzen."*

Heute weiß ich, dass ein Dichter diese Zeilen schrieb, vor mehr als hundert Jahren schon.

Hundert Jahre! Ist es nicht seltsam, wie ein paar Worte, vor Generationen aufs Papier geworfen, durch die Zeit hindurch nach unseren Herzen greifen? Um uns aus der Bahn zu werfen, hinaus, in eine andere Welt?

Auch die Novelle „Immensee" handelt im Innersten von diesen Zeilen.

Ein alter Mann sitzt in seinem Zimmer und wartet auf den Abend. Als der letzte Lichtstrahl das Bildnis einer Frau berührt, wird er aus seinem Leben heraus direkt in das Land seiner Erinnerung geworfen und er denkt an das Mädchen Lisbeth, das einmal war und die für ihn bestimmt schien.

Er erinnert sich an ihre gemeinsame Zeit, an die Zeit, als sie älter wurden, als ihre Liebe langsam erblühte und wie er sie schlussendlich verlor.

Die Geschichte lehrt uns, wie die Umgebung einen jungen Menschen formt und wie Lisbeth in die Arme eines Anderen getrieben wurde.

Denn der alte Mann war nur ein Dichter, ein Suchender, der nichts besaß außer seinen Träumen und seinem Herz. Und was zählt das schon? Was zählte es früher, was zählt es heute?

Und so sehen wir den alten Mann bis zum Schluss im Dunkeln sitzen, einsam und allein.

Doch vielleicht sollten wir die Geschichte noch einmal und genauer lesen? Vielleicht sollten wir Storms Gedicht noch einmal wie durch ein Brennglas sehen?

Denn unter der allzu glatten Oberfläche versteckt der Dichter eine zweite Botschaft. Er spricht nicht davon, wie es für junge Menschen üblich wäre, dass er schlafen muss, sie aber tanzen möchte. Sondern ganz bewusst dreht er die Worte um zu einem ich „möchte" schlafen, Du aber „musst" tanzen.

Du „musst" tanzen, das ist das Geheimnis dieser Zeilen. Du „musst" tanzen, du wirst gezwungen zu tanzen, gezwungen, ein fremdes Spiel zu spielen, immer und immer wieder.

Ich aber möchte schlafen. Ich entscheide mich bewusst für Schlaf und Traum, weit abseits eurer Welt und dem, was für euch zählt.

Und weigere mich, mich nach euren Melodien zu drehen.

Dadurch bekommt die Geschichte eine vollkommen neue Bedeutung, die vielleicht nicht einmal der alte Mann am Fenster verstand.

Denn was zählt in einem Leben? Was ist wirklich wichtig?

Ist es das, was wir erringen? Das, wofür wir Tag und Nacht uns hetzend mühen?

Wäre es nicht viel wichtiger zu schlafen, zu träumen, nach der eigenen Melodie sich zu wiegen und einsam im leeren Saal zu stehen?

Wer sagt, dass der alte Mann wirklich um Lisbeth freien wollte?

Vielleicht hat er sie absichtlich verloren? Vielleicht hörte er damals schon diese leise Stimme, die ihn fortzog, die ihn daran hinderte, in diesem Spiel, das sich „echtes“ Leben nennt, ein Schausteller zu sein.

Vielleicht ist es gar keine Trauer, die wir an ihm sehen. Vielleicht ist es einfach Wehmut, eine sanfte Erinnerung an einen Tanz, den er beobachten durfte und der noch heute sein Herz erfüllt, seine Träume und seinen Schlaf.

Aber ich möchte jetzt nicht mehr denken. Ich bin müde und möchte ruhn.

Mögen die anderen nur immer tanzen.

# Bunte Steine

Adalbert Stifter zu lesen ist für mich wie neu Atem holen. Denn immer, wenn ich eines seiner Bücher aufschlage, komme ich zur Ruhe und werde aus der Zeit heraus in eine andere Welt geworfen.

Nicht in eine der heute so beliebten Fluchtburgen, Geschichten mit Elfen und Zwergen und ihren meist absurden Abenteuern. Sondern in eine, in der die Zeit langsamer zu vergehen scheint, in der man zur Ruhe kommt und seinen Herzschlag spürt.

Ich habe nie verstanden, wieso die Menschen keinen Zugang zu ihm finden. Wieso sie ihn veraltet nennen und in seiner überbordenden Sprache keinen tieferen Sinn entdecken.

Aber anscheinend ist das eine, wenn auch traurige, Tatsache.

Robert Schneider hat es eine seiner Romanfiguren einmal so sagen lassen:

*„Stifter las sie in den hellen, schlafentwöhnten Nächten. Immer wieder Stifter. Als Internatsschülerin im Sacré-Coeur auf der Riedenburg, hoch über dem Bodensee, hatte sie ihn lesen müssen und ihn gehasst. Damals war Stifter für sie der Inbegriff der Langeweile.*

*Das Codewort stifterisch wirbelte eine Zeitlang blaubestrumpft durch die hochräumige Klasse. Ist das ein stifterischer Tag. Du stifterische Spielverderberin. Gähn, ist mir stifterisch.“*

Vielleicht hatte er damit Recht und die Menschen finden seine Bücher wirklich langweilig!

Doch was heißt das schon, etwas ist langweilig? Kann ein Ding an sich langweilig sein? Langeweile ist doch kein absoluter Begriff, der einen Zustand definiert, sondern wir erschaffen sie erst durch unsere Bewertung einer bestimmten Situation.

Deshalb glaube ich, dass wir Menschen es sind, die so wenig inneren Reichtum besitzen, dass wir die stille Schönheit seiner Werke nicht mehr erkennen. Und deshalb sehnsüchtig nach allzu lauten Bildern schielen.

Aber ist es in Wahrheit nicht viel langweiliger, seine Zeit mit geistlosen Menschen zu verbringen? Vor dem Fernseher zu sitzen? Oder durch die Welt zu rasen und zu vergessen, dass im Innersten unsere Seele schreit?

Aber bleiben wir noch etwas bei der Langeweile, denn „Langeweile“ ist überhaupt ein seltsames Wort. Ich persönlich kenne sie nicht, und wenn ich sie definieren müsste, dann würde ich sagen, sie ist etwas Ruhiges, eine Zäsur im lauten Alltag, die mir Raum zum Atmen gibt.

Wäre das nicht eine weitaus schönere Bedeutung? Lange Weile haben, Zeit haben, Muße finden und so zur Ruhe kommen?

Wenn wir das Wort so verwenden würden, dann bekäme es eine ganz andere Wertigkeit. Wenn ich lange Weile habe, wenn ich Muße habe, dann bin ich frei zu tun, wonach meine Seele sich sehnt. Auch wenn das heute so verpönt ist.

Wenn wir zurückblicken, dann war das früher anders. Bei den antiken Griechen etwa, diesen großen Meistern der Innenschau, war Muße eines der wichtigsten Merkmale eines freien Mannes. Die Möglichkeit, über seine Zeit selbst zu bestimmen, nicht arbeiten zu müssen, sondern einfach zu sitzen und zu träumen.

Das war es im Grunde, was einen wirklich freien Menschen ausmachte.

Doch wie fern ist uns Heutigen dieser Gedanke.

Unsere Welt, bis in die letzte Faser durchtränkt vom Geist des „immer weiter, immer mehr", hat keinen Raum mehr für ein freies Schweifen, für Nichtstun oder lange Weile.

Heute ist jede Minute bis ins Letzte angefüllt mit rastloser Tätigkeit und einer geistzerstörenden Hetzerei.

Selbst Zeiten der Ruhe dienen nur noch als Mittel zum Zweck, werden genutzt zur Gesundheitsvorsorge, für Meditation oder als Quality time, und all das nur, um uns fitter für die Arbeitswelt zu machen und in einer Scheinjugendlichkeit zu konservieren.

Doch kaum jemand merkt, wie weit wir uns dadurch von unserem menschlichen Kern entfernen.

So kommt es zu der schrecklichen Situation, dass wir keine Muße mehr besitzen, die wir für uns fruchtbar machen könnten.

Wir haben die Möglichkeit des Innehaltens, die so wichtigen Zeiten der Ruhe und Entspannung, aus unserem Leben verbannt, fast als hätten wir Angst vor ihnen, und das Einzige, das uns geblieben ist, ist das Gefühl von Langeweile.

Schon Charles Baudelaires hat diesen Zustand als das bestimmende Merkmal des modernen Menschen beschrieben.

*„In der schändlichen Menagerie unserer Laster*
*Ist eines noch hässlicher, noch bösartiger, noch schmutziger!*
*[...]*
*Die Langeweile ist's!"*

Da tut es gut, wieder einmal Adalbert Stifter zur Hand zu nehmen.

*„Es ist einmal gegen mich bemerkt worden, dass ich nur das Kleine bilde, und dass meine Menschen stets gewöhnliche Menschen seien."*

Stifter spricht hier davon, dass es die nebensächlichen Dinge sind, die unser Herz berühren. Das Rieseln des

Wassers, ein Wehen in der Luft oder das Rascheln eines Getreidehalms.

Die kleinen Dinge und die gewöhnlichen Menschen.

Was passiert mit einer Welt, in der diese Dinge niemandem mehr nahe gehen?

Wenn wir vergessen, welche Schönheit in einem Gedicht von Goethe liegt, einer Sonate von Mozart oder einer kleinen Blume am Straßenrand?

Wenn wir all das nicht mehr sehen und langsam zu seelenlosen Automaten werden?

Denn heute zählen nur noch die schlimmsten Dinge, Erdbeben, Hochhäuser, die explodieren und globale Hungersnöte.

Alles andere langweilt uns.

Aber es ist nicht nur Langeweile bei kleinen Dingen, sondern schön langsam beginnen uns auch die großen Katastrophen zu langweilen. Wenn wir ehrlich sind, dann berührt uns heute fast gar nichts mehr. Wir sehen täglich tausend Tode, sehen Hunger, Krankheit und Leid und greifen wohlig schauernd zu unserem nächsten Bier.

Ich glaube, dass es heute zu spät ist, die Richtung unseres Lebens ein wenig zu ändern. Ein paar neue Verhaltensweisen zu lernen, abends eine Stunde zu lesen und am Wochenende in den Wald zu gehen.

Dieser Zeitpunkt ist längst vorbei.

In der Luftfahrt gibt es bezeichnenderweise den Begriff der Schubumkehr. Er meint das Prinzip des Abbremsens eines Fahrzeuges durch Umlenken seines Schubes entgegen der Bewegungsrichtung.

Genau das sollten wir auch versuchen. Umkehren, einen Schritt in die andere Richtung gehen und bewusst die Langeweile aufsuchen. Sie aushalten und durch sie hindurchgehen, um dann vielleicht wieder Momente der Muße zu entdecken.

Und dabei kann uns Adalbert Stifter helfen. Durch seine Geschichten, die zeigen, dass die Schönheit im Alltäglichen liegt. In einem ruhigen, langweiligen Leben.

Oder, wie er einmal sagte: *„Ein Leben voll Gerechtigkeit, Einfachheit, Bezwingung seiner selbst, Verstandesmäßigkeit, Wirksamkeit in seinem Kreis, Bewunderung des Schönen, verbunden mit einem heiteren gelassenen Sterben, halte ich für groß."*

# Fettklößchen

Wenn wir heute durch eine gute Bibliothek schlendern, dann sehen wir Bücher aus den unterschiedlichsten Epochen und Kulturen. Manche, vor allem Werke zeitgenössischer Autoren, stehen weit vorne und werden gern zur Hand genommen. Andere, ältere Bücher hingegen führen meist ein tristes Dasein in irgendeiner dunklen Ecke und man meint fast zu spüren, wie sehr sie sich nach einem Leser sehnen.

Die meisten Menschen gehen achtlos an ihnen vorüber, in der irrigen Annahme, dass diese Bücher nichts mit ihnen gemein haben.

Aber das ist ein trauriger Irrtum. Denn die urmenschlichsten Probleme sind zu allen Zeiten dieselben gewesen, und diese Bücher könnten uns von Dingen erzählen, die uns eine völlig neue Welt erschließen.

Um einen Zugang zu diesen verschollenen Weisheiten zu finden und diese Bücher wieder für uns fruchtbar zu machen, gibt es verschiedene Wege. Einer davon ist, sich die Zeit zu vergegenwärtigen, in der das Werk entstanden ist, die Patina seiner Geschichte abzukratzen und zu versuchen, zu den darunterliegenden, allgemeinen Wahrheiten zu gelangen.

In diesem Sinne wenden wir uns einer Geschichte aus dem 19. Jahrhundert zu und versuchen, sie zu verstehen.

1867 stand Napoleon III. im fünfzehnten Jahr seiner Regentschaft als Kaiser der Franzosen. Alleiniger Herr über ganz Frankreich war er gleichzeitig Führer einer Armee, die er, ganz im Sinne seines Großvaters, wieder zur alten „Gloire“ verhelfen wollte.

Im selben Jahr rüstete sich Paris zu einer Weltausstellung, die einer erstaunten Welt zeigen sollte, wozu die neu entstandene Industrie der imperialistischen Mächte fähig war. Technische Erzeugnisse, Maschinen, neue Erfindungen und Luxusartikel: All das wurde vor den staunenden Augen einer Gesellschaft ausgerollt, die sich in dem Gedanken sonnte, die Speerspitze einer jahrhundertelangen technischen und geistigen Entwicklung zu sein.

Nach ihrer Eröffnung wurde die Stadt überströmt von Besuchern aus allen Teilen Europas und die Bürger von Paris sorgten für die Befriedigung aller weltlichen Genüsse, von Essen über Trinken bis hin zu Theateraufführungen und dem Genuss leichter Liebe.

Doch bei Letzterer war man lange nicht so liberal, wie man sich gerne gab. Denn auch wenn Paris schon damals als die „Stadt der Liebe“ galt, so empfand man doch gegenüber der Prostitution eine erheuchelt prüde Moral und stellte eine übertriebene Biederkeit zur Schau.

Das war natürlich ein gefundenes Fressen für Schriftsteller, die es sich in zahlreichen Geschichten zur Aufgabe machten, die Doppelmoral dieser Biedermänner an den Pranger zu stellen und zu geißeln.

In diesem geistigen Milieu spielt „Fettklößchen“, die Geschichte einer Kurtisane.

Frankreich im Jahre 1870. In diesem Jahr stürzte sich Napoleon in sein letztes großes Abenteuer. Überzeugt von der Größe Frankreichs und seiner militärischen Überlegenheit erklärte er Preußen den Krieg, der mit einer vollständigen Niederlage und seiner Gefangennahme endete.

Und da stehen wir nun, frühmorgens an einem kalten Wintertag, und sehen einige besorgte Bürger, die sich an der Poststation einer kleinen französischen Stadt versammeln, um ihre Heimat zu verlassen. Als die Kutsche abfährt, bemerken sie, dass in ihrer Runde auch die stadtbekannte Kurtisane sitzt, und voller Ehrsamkeit schließen sie sie aus ihrem Kreise aus.

Doch durch widrige Umstände werden sie gezwungen auch menschlich zusammenzurücken und kommen sich schließlich näher. Erstaunt erkennt man, dass auch die Dirne ein Mensch ist, ja, mehr noch, eine waschechte Französin, eine Patriotin, eine Landsmännin mit einem abgrundtiefen Hass auf alles Preußische und im Grunde gar nicht so verschieden von einem selbst.

Maupassant erzählt hier, wie schnell Menschlichkeit aufgegeben wird, wenn man dafür bezahlen muss.

Denn bei der ersten Misshelligkeit kippt die Stimmung und es treten wieder die alten Trennlinien hervor. Nicht mehr die zwischen den zufällig durch Krieg verfeindeten Parteien, zwischen Franzosen und Preußen, sondern die tiefer liegenden Barrieren, die Gräben zwischen den sozialen Schichten und den einzelnen Menschen.

Maupassant zeigt, wie tief verwurzelt Vorurteile sein können. Wie sehr man bereit ist, Menschen, mit denen man eben noch das Brot teilte, zu opfern und der Unmenschlichkeit preiszugeben.

Und wie gewillt die meisten von uns sind, sich mit den Tätern zu solidarisieren und ihre Überzeugungen zu opfern.

Nur das Opfer bleibt zurück, als das, was es immer schon war. Ein Mensch, um dessen Tränen sich niemand schert.

# Bel Ami

Kann man einen Hochstapler lieben? Kann man einen augenscheinlichen Soziopathen, einen Menschen, der bei nüchterner Betrachtung gefährlich für die Gesellschaft ist, verstehen? Ihn vielleicht sogar bewundern? Ihm nacheifern und sich wünschen, man wäre so wie er? (Wenigstens in unseren schwachen Momenten?)

Ich glaube: Ja. Jedenfalls dann, wenn seine Geschichte von einem Schriftsteller wie Guy de Maupassant erzählt wird.

Paris, Ende des 19. Jahrhunderts. Duroy, ein ehemaliger Unteroffizier, treibt ziellos durch die lebendigste Stadt der Alten Welt und beobachtet neiderfüllt das bunte Treiben auf den Boulevards.

Mittellos, ohne Beziehungen und Zukunftsaussichten, sieht er keinen Weg, um jemals am Leben der Reichen und Schönen teilzuhaben und so kennt er bald nur noch ein einziges Ziel: Vorwärts zu kommen, egal, um welchen Preis!

Was ihm dabei hilft sind seine männliche Schönheit und eine Seele bar jeder Skrupel oder Moral.

Denn jede dargebotene Hand, jede liebende Frau, alles dient ihm nur als Trittbrett auf dem Weg nach oben und jeder Freund wird gnadenlos zur Seite gestoßen, wenn er ihm nicht mehr wertvoll erscheint.

Maupassant zeichnet in seinem Roman ein schonungsloses Sittengemälde der Pariser Gesellschaft, die in seinen Augen nur eine Horde geldgieriger Hyänen ist, kaum gezähmt durch gesellschaftliche Konventionen und verlottert und verroht bis ins letzte Glied.

Auf diese Welt nun trifft Duroy und schafft es durch seinen Willen und das geschickte Ausspielen all seiner Trümpfe, vor allem aber durch seine stupende Herzenskälte und Seelenlosigkeit, bis in die höchsten Kreise vorzudringen.

Die Erzählung beginnt in dem Augenblick, in dem Duroy durch die Straßen von Paris streift und gerade dabei ist, seine letzten Träume zu verlieren.

Wir dürfen stille Begleiter seines inneren Abstiegs sein, wir erleben seinen schrittweisen moralischen Verfall und sehen dabei hinter seine Maske. Aber gerade dadurch haben wir die Chance, die Welt durch seine Augen zu betrachten und seine Handlungen für uns neu einzuordnen.

Denn in seinem Koordinatensystem ergibt sich jede Schurkerei logisch aus der vorangegangenen und das, was wir gemeinhin einen moralischen Abstieg nennen, wird plötzlich zu einem Aufschwung zu neuen, uns völlig fremden Höhen.

Bis wir uns schließlich, bezaubert von dieser Figur, in einem bangen Hoffen und Staunen ob seines gefährlichen Aufstiegs wiederfinden.

Was nicht verwundern darf.

Denn nicht nur ist Maupassant ein Zaubermeister, ein außergewöhnlicher Schriftsteller, der dieses Wunder möglich macht. Sondern wir selbst leben auch in einer Zeit, in der die geistigen Erben dieses arbeitslosen Kavallerieoffiziers, dieses machtbesessenen Strebers, normale und gerngesehene Gäste an unseren Tischen sind.

Denn wenn wir genau hinsehen, dann wimmelt es auf unseren Straßen von heimatlosen Duroys. Unsere Welt ist bis zum Rand voll mit diesen Menschen, die bereit sind, für ein wenig Macht und Einfluss alles zu tun.

Deshalb ist es wichtig, den Vorfahr dieser Figuren kennenzulernen, sein Innenleben zu betrachten und zu verstehen, und zwar durch die Worte eines Dichters und Seelenkenners.

Denn das erklärt so viele Dinge, auch der heutigen Zeit.

Wir sehen, wie der Aufstieg sie immer gleichgültiger gegen moralische Regungen werden lässt und wie sie mit der Zeit immer unmenschlicher und abstoßender werden. Wir sehen aber auch, wie geschickt sie sich zu verstellen lernen und sich hinter ihren Masken verbergen.

Und wir lernen auch uns selbst zu verstehen.

Denn wahrscheinlich gibt es tief in jedem von uns eine geheime Stelle, die „Ja“ sagt zu Duroy und die mit Sehnsucht auf sein Leben blickt und auf all das, was er erreichte.

Und wahrscheinlich wäre ein jeder von uns nur allzu schnell bereit, denselben Weg zu gehen, wenn wir nur die Möglichkeit dazu bekämen.

# Das Bildnis des Dorian Gray

Ist es heute nicht seltsam leicht geworden, sich hinter einer Maske zu verbergen? Durchs Leben zu laufen, ohne jemals wirklich man selbst zu sein?

Denn wichtig ist nicht mehr, wer wir sind. Wichtig scheint nur noch, wen wir darstellen.

Und so werden wir langsam zu den Masken, die wir tragen.

Ein jeder von uns.

Bis wir niemand mehr sind.

Aber was wäre, wenn wir einen Spiegel hätten, der unser wahres Wesen zeigt?

Einen Spiegel, der uns zwingt, hinter unsere Masken zu blicken?

Ein Spiegel, der nicht nur unsere müden Augen zeigt, unseren faltigen Mund und unsere feisten Körper.

Sondern der uns die ganze Niedertracht unseres Seins vor die Füße speit. Ohne der Möglichkeit, ihr zu entkommen.

Was tun wir nicht alles, um unserem wahren Wesen zu entfliehen?

Wir lächeln, wenn wir weinen müssten, wir schminken unsere Gesichter (ja, auch Männer tun das heute) und zwängen uns in viel zu enge Kleider.

All das nur, um nicht zu zeigen, wer wir sind.

Um zu vergessen, dass hinter unseren Masken eine Seele lebt, die hilflos zittert, weint und schreit.

Und die nur noch ein Schatten ist ihres wahren Selbst.

Viele glauben, dass unsere Masken nur dazu dienen, uns Schönheit und ewige Jugend vorzugaukeln. Aber es ist mehr als nur das.

Denn in Wahrheit sind alte Menschen mit ihren zerfurchten Gesichtern und den tausend Geschichten im Haar viel schöner als all die glatten Larven mit ihrem toten Blick.

Die Sehnsucht nach Jugend ist etwas anderes.

Wir suchen in unserer Jugend nicht nach Schönheit, nicht nach feiner Haut und dunklem Haar.

Nein, wir alle suchen dort nach dem verlorenen Reichtum unserer Seele. Nach der Intensität der ersten Gefühle, der Echtheit und Unberührtheit unseres Denkens und unseres Selbst.

Denn im Herzen sind wir alt geworden.

Der süßeste Wein macht uns nicht mehr trunken, die schönsten Blumen bezaubern uns schon lange nicht mehr mit ihrem Duft und der wärmste Wind lässt unsere Seele zittern.

Und auch die Liebe, die einst ein Garten voller Hoffnung war, erscheint uns heute tot und leer.

Denn nachts sitzen wir vor bunten Bildern, umgeben uns mit leeren Dingen und liegen nächtelang bei fremden Körpern.

Ohne Hoffnung.

Alt und arm.

Wie armselig ist unser Leben geworden.

Ich höre unser schrilles Lachen, ich sehe unsere aufgedunsenen Gesichter und verzweifelten Blicke und frage mich, wann eigentlich das Leben geflohen ist.

Und wieso wir uns so verzweifelt an dieses Zerrbild von Jugend klammern und es bis in alle Ewigkeit verlängern wollen.

Natürlich, auch ich will nicht sterben.

Ich habe Angst vor dem Tod, vielleicht mehr als andere, und versuche ihn zu vergessen.

Nur von Zeit zu Zeit wage ich einen scheuen Blick auf ihn und gehe dann traurig weiter. Funktioniere, atme, esse, schlafe, tu das, was man von mir ersehnt. Immer ahnend, dass einer in der Ecke steht, mit traurig wissendem Gesicht.

Aber ich verdränge den Gedanken an ihn und mache weiter, so, als ob nichts gewesen wäre.

Manchmal frage ich mich, was wir verlieren, wenn wir das Bewusstsein um unseren Tod verlieren?

Denn gehört nicht das Ende unweigerlich zu unserem Anfang noch dazu?

Macht nicht gerade dieses Wissen unser Leben aus?

Dass es irgendwann vorbei sein wird?

Sind nicht all unsere Kunstwerke, all unsere Erfindungen und Fortschritte, ist all das nicht aus der Angst vor dem Tod entstanden?

Aus Angst davor, die Welt zu verlassen und alle zu verlieren, die wir lieben?

Aus Angst vor dem Tod schwingen wir uns in höchste Sphären, schreiben Bücher, durchwachen Nächte, denken, lieben, forschen, gehen immer weiter und weiter und geben niemals auf.

Doch was passiert, wenn wir den Tod vergessen? Den Antrieb unserer Seele?

Wenn wir vermeinen, ewig jung zu bleiben hinter immer neuen Masken?

Welchen Schaden werden wir dadurch an unserer Seele nehmen?

Welchen Schaden haben wir schon an unserer Seele genommen?

Ich weiß es nicht. Ich weiß nur, dass unsere Masken lügen.

Und dass sie uns blind machen für die Liebe und das Sein. Und für das Leben.

Denn wir sind wenig mehr als schlechte Schausteller. Verkrüppelte Seelen auf menschenleerem Weg.

Einer, der das schon vor Langem wusste, war Oscar Wilde.

Er hat uns davor gewarnt, was passiert, wenn wir nur noch eine Maske sind. Wenn wir uns dem Teufel verkaufen, wie Narziss nur in unser Äußeres verliebt, und dadurch unsere Seele verdorrt.

Vielleicht gleichen wir noch dem Menschen, der wir einmal waren.

Vielleicht glauben wir, noch der Mensch zu sein, den wir in unsrer Jugend kannten.

Mit all unseren Träumen, unseren Hoffnungen und unserem wilden Glauben an ein gutes Sein.

Aber in den Stunden der Nacht, wenn wir einsam sind, wenn die Masken fallen und wir nicht länger lügen können, dann merken wir, dass wir alt und hässlich und verfault am Sterben sind.

Außen hübsch geschminkte Larven, doch innen leer und fahl.

Das ist dann der Augenblick in dem wir, wie einst Dorian Gray, unser wahres Abbild sehen.

Und verzweifelt sterben.

Denn unsere toten Masken sind schlussendlich wir selbst.

# Was sie trugen

Was ist es, das uns müde macht und grau? Das unseren Rücken beugt, so dass wir niemals mehr die Sterne sehen?

Vielleicht sind es gar nicht unsere Jahre.

Alexanders Silberschilde etwa, mit denen er bis nach Asien zog, waren weit über Sechzig. Ein Alter, in dem die meisten von uns schon vor dem Ofen sitzen und ihre Füße wärmen.

Verloren in Erinnerungen.

Vielleicht werden wir gar nicht älter. Jedenfalls nicht auf die Art, wie wir es glauben.

Vielleicht haben wir einfach nur immer mehr zu tragen, an Erinnerungen, an Verletzungen, Gedanken und Gefühlen.

Vielleicht tragen wir irgendwann so viel, dass es diese Last ist, die uns nach unten zieht bis ins Grab.

Was tragen die Menschen, was schleppen sie einsam allein durch ihre Leben? Was knechtet sie so lange, bis ihr Rückgrat bricht?

Diese Fragen stellt sich auch Tim O´Brien.

Was sie trugen.

*„Büchsenöffner, Taschenmesser, Brennstofftabletten, Armbanduhren, Erkennungsmarken, Abwehrmittel gegen Moskitos, Kaugummi, Bonbons, Zigaretten, Salztabletten, Kool-Aid Limonade, Feuerzeuge, Streichhölzer, Nähzeug, Soldbücher, eiserne Rationen und zwei bis drei Feldflaschen."*

Vietnam, 1965. Ein Jahr - ein ganzes Leben. Ein ganzes Leben gezwängt in 365 Tage, denen man niemals mehr entkommen wird.

*„Warum schreibst Du nur über den Krieg?" fragt ihn seine Tochter. „Schreib doch eine Geschichte über ein Mädchen das eine Million Dollar findet und sich davon ein Shetland-Pony kauft."*

Tim O´Brien kehrt zurück, äußerlich unversehrt, doch ein Teil von ihm hat dieses Land nie mehr verlassen.

Was sie trugen.

*„M-60, M-16 und die M-79. M-14, CAR-15, schwedische Ks, automatische Waffen, erbeutete AK-47, Chi-Coms, RPGs, Simonow Karabiner, Uzis vom Schwarzmarkt, Revolver, Schrotflinten, Schalldämpfer, Totschläger, Bajonette und Plastiksprengstoff."*

Warum ziehen Menschen in den Krieg? Warum töten und warum sterben sie? Ohne Hass, ohne Wut und dabei voller Scham?

*„Sie trugen die größte Angst des Soldaten, die Angst, rot zu werden. Sie starben, um nicht vor Verlegenheit zu sterben. Sie hielten durch. Sie schleppten, was sie zu schleppen hatten. Es war nicht eigentlich Mut, es ging nicht um Tapferkeit. Vielmehr war es so, dass sie zuviel Angst hatten, um feige zu sein.“*

Ist es wirklich nur das? Wie können wir diese Schuld durch unser ganzes Leben tragen?

Was sie trugen.

*„Jimmy Cross schleppte seine Liebe zu Martha über die Berge und durch die Sümpfe. Doch die Last dessen, was er sich aufbürdete, ging weit über das erträgliche hinaus.“*

Was kann ein junger Mensch tragen?

An Ausrüstung, an Waffen, an Erinnerungen, bis er bricht?

Wir alle tragen an den Dingen, die wir nicht vergessen können.

*„Ich sitze an der Schreibmaschine und sehe hinter den Wörtern, wie Kiowa in dem schlammigen Scheißefeld versinkt oder wie Curt Lemon zerfetzt im Baum hängt, und während ich darüber schreibe ist es nicht mehr nur eine Erinnerung, sondern es geschieht auf neue. Kiowa schreit um Hilfe. Curt Lemon tritt aus dem Schatten in den hellen*

*Sonnenschein hinaus, sein braunes Gesicht glänzt, und im nächsten Augenblick fliegt er in den Baum."*

Was kann ein Mensch tragen?

Was kann ein junger Mensch tragen?

Tag für Tag, in dieser Welt, auch ohne Krieg?

Und wann hört dieser Wahnsinn endlich auf?

# Rosegger Weihnacht

Seit beinah zwanzig Jahren lese ich an jedem Heiligabend dieselbe Geschichte von Peter Rosegger, und ein jedes Mal aufs Neue muss ich dabei weinen. Dabei weiß ich nicht, ob sie mich nur deshalb so berührt, weil ich als Österreicher seine Geschichten fast mit der Muttermilch aufgesogen habe, oder ob es allen Menschen so geht.

Bei uns in der Steiermark jedenfalls gehörte „Als ich Christagsfreude holen ging“ zur Pflichtlektüre an allen Schulen, die jeden Advent hervorgeholt, immer wieder gelesen und meist auch noch nachgespielt wurde.

Als ich älter wurde und mich stärker mit Literatur zu beschäftigen begann, hatte ich von Peter Rosegger ein Bild, das geprägt war von persönlichen Erinnerungen und einer Handvoll Anekdoten. Aber ansonsten wusste ich fast nichts von ihm und sehr lange trieb mich die Frage um, wer eigentlich der Mensch und Künstler hinter all diesen Geschichten war.

War er ein naiver Bauerndichter? Ein Mensch, ewig gefangen im Glanz seiner Kindheit? Oder gar ein geschickter Reimeschmied, der genau wusste, an welcher Stelle er die Menschen kitzeln musste, um ihnen das Geld aus der Tasche zu ziehen?

Als ich mich jedoch in sein Gesamtwerk vertiefte, war ich erstaunt. Ich lernte einen feinfühligen Erzähler kennen, einen genauen Schilderer einer untergehenden Welt, zwar tief verwurzelt in der Geschichte seiner Vorfahren, in dessen Büchern es aber um mehr ging als um die

Schilderung einer Idylle und der Flucht in die Welt seiner Kindheit.

Ich entdeckte einen Autor, der den Kampf des ursprünglichen Bauerntums gegen die drohende Industrialisierung beschrieb und damit Partei ergriff im Kampf des Individuums gegen den modernen Massenmenschen.

Aber je älter ich werde, desto stärker drängt sich meine Kindheit in den Vordergrund und so wird Peter Rosegger für mich, trotz allen späteren Erfahrungen, immer der Heimatdichter bleiben. Der Verfechter des Urtümlichen, der Künder einer verlorenen Welt, der alten Feste, Traditionen und Bräuche.

Und damit auch des Weihnachtsfestes.

Deshalb will ich euch für den nächsten Heiligabend zwei Geschichten empfehlen: „Als ich Christtagsfreude holen ging“ und „Der erste Christbaum in der Waldheimat“.

In der ersten, seiner wohl bekanntesten Geschichte, beschreibt er ein Erlebnis aus seiner Kindheit. Wie er sich, ein kleiner Knabe noch, am letzten Tag vor Weihnachten durch meterhohen Schnee ins Dorf kämpfen musste, um dort all die Sachen zu kaufen, die man für das heilige Fest brauchte.

Es ist eine sehr schöne Geschichte, sehr warm erzählt und auch für Kinder interessant. Denn durch dieses empathische Eintauchen lernen sie eine andere Welt kennen, die ihnen so gar nicht fremd sein wird, vor allem nicht zur Weihnachtszeit.

Die zweite Geschichte jedoch ist diejenige, mit der ich an Heiligabend jeden plage und die mich immer wieder zu Tränen rührt.

Es ist eine Geschichte über das Heimkommen, eine Geschichte über die Rückkehr an einen Ort, zu dem man gehört, von dem man träumt, wenn man wach liegt und der einem zu eigen ist. Vielleicht berührt sie mich deshalb so sehr. Weil es für Rosegger noch einen Flecken Erde gab, an dem er verwurzelt war und zu dem es ihn zeit seines Lebens hinzog.

Wir Heutigen kennen dieses Gefühl kaum noch. Wie Nomaden treiben wir durch unser Leben, eingeklemmt in enge Wohnsilos, tagaus, tagein in fremden Welten des Internets verloren und mittlerweile unfähig, uns an einen Ort zu binden.

Denn wer von uns kennt noch seine Welt? Wer kennt die Menschen, die ihn umgeben? Die Häuser, Bäume und Hügel seiner Stadt? Wer kennt all die Erzählungen, Geheimnisse und Geschichten, die jeden Tag an uns vorbeiziehen und aus einem fremden Ort so etwas wie eine Heimat machen?

Ich jedenfalls nicht.

Deshalb finde ich Roseggers Heimkehr so berührend.

Es ist eine ganz einfache Geschichte, die auf leisen Sohlen daherkommt, ohne Pathos und Spannung, und genauso einfach wie diese Geschichte ist auch sein Heimkommen.

Denn als Student setzt er sich einfach in einen Zug, fährt in die Berge und steht in der Küche seiner Mutter.

*„Bist doch noch kommen! Wir haben schon gemeint, ´s Wetter! Na, weil d´ nur da bist. Was magst denn gleich? Ein Eierspeis? Einen Kaffee?"*

*Kennt ihr sie? Kennt ihr sie nicht? Das ist ja die Stimme der Mutter.*

Es ist keine große Erzählung, es ist keine dramatische Geschichte, und das Willkommen in der Heimat ist in unseren Augen unspektakulär und trivial. Denn es genügt allein die Stimme seiner Mutter, die ihm Wärme schenkt, und das Glück des nach Hause Kommens an sich.

Auch ihr Weihnachtsfest unterscheidet sich von unserem. Sie brauchten keine tausend Geschenke, kein Festessen oder übertriebene Liebesbezeigungen unter grünem Tann. Denn sie hatten das, was zählt.

Sie waren aufgehoben in ihrer Familie, in ihrem Glauben und ihrer Verbundenheit zueinander, und sie standen fest auf dem Mittelpunkt der Erde, ihrer Heimat.

Aber ihr müsst die Geschichte selber lesen um zu merken, wie sehr Rosegger einen berührt. Und wenn ihr das einmal spürt, dann werdet ihr ihn nicht mehr missen wollen.

Denn er ist weit mehr als der ewige Waldbauernbub. Er ist ein Schriftsteller, der uns eine Sehnsucht ins Herz pflanzt, nach einem Zuhause, einer Familie und einem einfachen, natürlichen Leben.

Und das ist sehr viel in der Welt der Literatur.

# Der Pate

Jahrhundertelang glaubten die Menschen an die Mär vom Wolf als wilder Bestie. Der unser aller Leben bedroht und der selbst in einer Welt voller Gewalt und Brutalität lebt, in der nur das Recht des Stärkeren zählt.

Die wildesten Mythen rankten sich dabei um den Leitwolf, von dem man glaubte, dass er ein Wesen der brutalen Stärke war. Ein blutiger Despot, der jedem an die Kehle sprang, der seinen Platz bedrohte.

Auf diesem Bild gründet sich auch die bekannte Sentenz: *„Der Mensch ist dem Menschen ein Wolf."*

Doch nichts könnte falscher sein als das.

Weder ist der Mensch dem Menschen ein Wolf, noch sind Wölfe die blutrünstigen Bestien, als die wir sie heute noch allzu oft sehen.

Vielmehr ist diese Interpretation ein Zeichen dafür, wie wir denken und gewohnt sind, unser eigenes Leben zu sehen. Aber es hat nichts mit der Realität in einem Wolfsrudel zu tun.

Denn wären Wölfe wirklich solche Wesen, dann hätten sie niemals so lange überlebt.

Beobachtet man Wölfe in freier Natur, dann sieht man, dass sie in erster Linie soziale Wesen sind, die in einem fein abgestimmten Miteinander für das Wohlergehen ihrer Familie sorgen.

Natürlich geht es in einem Rudel immer auch um Dominanz und das Durchsetzen von Hierarchie und Regeln. Aber der größte Teil eines Wolfslebens besteht aus sozialen Interaktionen, gegenseitigen Berührungen und dem gemeinsamen Spiel.

Daher ist der Rudelführer selten der brutale Wolf, den wir aus den Mythen kennen. Sondern er ist das Tier mit dem stärksten Geist, das am fähigsten ist, seiner Familie in einer feindlich gesinnten Welt das Überleben zu sichern.

Denn in jedem Rudel gibt es Wölfe, die stärker sind als er, bessere Jäger oder schnellere Läufer. Aber es ist keiner da, der sich mit solcher Kraft um das Wohlergehen des Rudels kümmert und der sein Leben so bereitwillig in den Dienst seiner Familie stellt.

Deshalb gibt es in der freien Natur auch so selten Kämpfe um die Macht und den Platz an der Spitze.

Denn selbst, wenn der Anführer verletzt wird, übernimmt kein anderes Tier seine Rolle, sondern er wird so lange gepflegt und versorgt, bis er wieder seinen Platz einnehmen kann.

Unter diesem Gesichtspunkt bekommt der Satz: „Der Mensch ist dem Menschen ein Wolf“ eine ganz andere Bedeutung.

Wir sollten den Menschen nicht mehr als Feind des Menschen sehen, sondern anfangen, ihn als soziales Wesen zu begreifen, das auf der Welt ist, um in ihr zu leben und für seine Familie zu sorgen.

Jemand, der in diesem Sinne eine Geschichte schrieb, war Mario Puzo.

Sein Buch „Der Pate“ war ein Welterfolg und ist bis heute bekannt als das große Epos über einen brutalen Mafiaclan.

Aber auch wenn es an der Oberfläche von Verbrechen handelt, von Gewalt, Leid und Gesetzesbrüchen, so gibt es auf einer tieferen Ebene eine viel stärkere Erzählung.

Eine Erzählung, die Wahrheiten enthält, die wir heute nicht nur vergessen haben, sondern die wir anscheinend gar nicht mehr hören wollen.

Die Familie Corleone lebt in einer feindlichen Welt. In einer Welt, in der ihr der Weg in die Armut vorgezeichnet scheint und es scheinbar kein Entrinnen gibt.

Doch Don Corleone lehnt sich gegen dieses Schicksal auf.

*„Er weigert sich, seinen Willen dem der Gesellschaft zu unterstellen. Er weigert sich, nach Regeln zu leben, die andere gesetzt haben, nach Regeln, die ihn zu einem Leben im Elend verdammen.“*

Was ist das für ein Mann, der es schafft, seinen Willen gegen eine ganze Welt zu stemmen? Der nicht bereit ist, sich zu unterwerfen und nach fremden Regeln zu spielen?

Und der unterhalb der scheinbar so ruhigen Oberfläche der Gesellschaft ein eigenes, unabhängiges Reich für seine Familie schafft?

*„Er akzeptiert nicht die Regeln der Gesellschaft, in der wir leben, weil diese Regeln ihn zu einem Leben verdammt haben, das einem Mann wie ihn nicht ansteht, einem Mann mit einer so außerordentlichen Kraft und einem so außerordentlichen Charakter."*

Das Buch um den alternden Mafiachef Don Corleone entwickelt einen eigenen Sog, der uns hineinzieht in eine uns unbekannte Welt. In eine Welt der Ehre, der Loyalität und der ihr eigenen Gesetze.

Es entwirft aus sich heraus ein vollkommen stimmiges Bild einer abgeschlossenen Gesellschaft und wir haben allzu bald vergessen, dass es sich dabei im Grunde um Verbrecher handelt.

Wir sehen nur noch eine Familie, die im ursprünglichen Sinne wie ein Wolfsrudel lebt. Eine Familie mit festen Banden, die wie ein Unternehmen aufgebaut ist und die mit brutalen Methoden ihren Platz unter ihresgleichen einnimmt.

Um nach ihren Regeln in Freiheit zu leben.

Die Kernaussage des Buches lässt sich in wenigen Worten zusammenfassen: *„Ich vertraue nicht darauf, dass die Gesellschaft uns schützt. ... Wenn sich unsere Familie in die Gesellschaft einfügt, dann will ich, dass wir Geld und Besitz mitbringen. Ich möchte für meine Kinder die größtmögliche Sicherheit schaffen, bevor ich sie in die Gesellschaft entlasse."*

Jeder Vater kennt diesen Wunsch. Im Innersten hat jeder den Wunsch, genau das für seine Familie zu tun. Sie zu beschützen, ihre Zukunft zu sichern und etwas aufzubauen, dass ihnen als Schutzschild dienen kann in dieser feindlichen Welt.

Doch die meisten von uns scheinen diese Lektion vergessen zu haben. Wir vergiften unser Leben mit Alkohol, Fernsehen und sinnlosen Spielereien und versäumen darüber unsere wahre Aufgabe.

Das ist meiner Meinung nach auch der Grund, warum diese Geschichte nach so langer Zeit noch diesen Reiz ausübt.

Denn Mario Puzo stellt uns ein Gegenbild vor Augen. Er schreibt die Geschichte eines Wolfsrudels, die Geschichte eines Leitwolfes, der sein Leben gibt für die Familie, die er liebt.

# Der weiße Tiger

Ist es wirklich so, dass wir mit den Armen fühlen? Haben wir wirklich Mitgefühl und teilen, wenigstens für Augenblicke, ihr Leid? Legt uns denn unsere Zeit nicht vielmehr nahe, sie als moralisch anrüchig zu empfinden? Im Grunde selbstverschuldet in ihr Elend gerutscht und daher mit einem Makel behaftet?

Wir merken heute gar nicht mehr, wie sehr unser Denken vom Geist des Kapitalismus geprägt ist. Wie sehr er alle Bereiche unseres Lebens durchdringt und mit seinen gierigen Fingern bis in die letzten Ritzen unseres Lebens greift.

Wenn man sich fragt, wie es dazu kommen konnte, dann lohnt ein Blick auf die Stadt Zürich zu Beginn des 16. Jahrhunderts. Denn dort lebte zu jener Zeit ein Kirchengründer, der den denkbar stärksten Einfluss auf unser heutiges Denken hatte.

Laut Johannes Calvin hat Gott die Menschen zu Anbeginn der Zeit in Auserwählte und Nicht-Auserwählte geteilt. Und nichts, was man in diesem Leben tut, hat Einfluss darauf, was nach dem Tod mit unserer Seele geschieht.

Da es den Menschen jedoch unmöglich ist, mit dieser Unsicherheit zu leben, setzte man alles daran zu erahnen, ob man zu den Auserwählten gehörte.

Die sichersten Zeichen dafür waren „unbändiger Fleiß und wirtschaftlicher Erfolg“. Denn ein Mensch, der emsig schaffte und Besitz anhäufte, konnte darauf hoffen, zu den von Gott Auserkorenen zu zählen.

Für unsere aufgeklärten Ohren mag diese Vorform des kapitalistischen Denkens ein wenig seltsam klingen. Aber wenn man bedenkt, wie stark die Lehre Calvins auf die reformierten Kirchen Nordamerikas einwirkte und *„durch seine Festsetzung in ganz Westeuropa zu einer Weltmacht“* wurde, versteht man unser heutiges Tun ein wenig besser.

Denn auch, wenn wir an der Oberfläche für die Gleichheit aller Menschen sind, gegen Ausbeutung und Ungerechtigkeit, so schauen wir doch alle zu den Reichen und Mächtigen auf und würden unser Augenlicht dafür geben, zu ihnen zu gehören. Zumindest in unseren schwächsten Momenten.

In dieser geistigen Umgebung spielt die Erzählung: „Der weiße Tiger.“

Aravind Adiga gibt uns einen tiefen Einblick in das verrottete Herz Indiens. In das Leben seiner reichen Elite, das korrumpierte System seiner Politiker und den Heerscharen seiner Armen, die nie im Leben etwas anderes kennenlernen werden als eine Welt voller Hunger und Schmerz.

Er zeigt, warum die Armen immer arm bleiben werden. Nicht nur, weil sie klein gehalten werden, weil sie keine

Möglichkeit des Aufstiegs haben, sondern weil sie sich ein anderes Leben gar nicht mehr vorstellen können.

Und deshalb niemals aus dem Gefängnis ausbrechen werden. Oder „dem Hühnerstall", wie er es nennt.

Aravind Adiga schreibt die Geschichte eines Getriebenen.

Er erzählt, wie der aus einer niederen Kaste stammende Balram durch den Mord an seinem Arbeitgeber selbst die Möglichkeit bekommt aufzusteigen. Und dafür alles auf sich nimmt, selbst den Tod seiner eigenen Familie.

Der Autor wirft die Frage auf, ob es heute keinen Ausweg gibt. Ob es keinen anderen Weg gibt, keine andere Art der Lebensführung, um das zu bewahren, was uns als Menschen wertvoll macht.

Und es zeugt von seinem Talent, dass er nicht versucht, uns moralisch zu belehren, uns eine einfache Lösung zu bieten oder die Tat seines Protagonisten zu beschönigen.

Sondern dass er allein durch seine Geschichte auf uns zu wirken versucht.

Und das tut er. Denn die Welt da draußen ist voll von Balrams aller Art. Und, wie Aravind Adiga sagt, es werden jeden Tag mehr.

# Radetzkymarsch

Würde man fragen, welches Thema mich am meisten beschäftigt, dann wäre die Antwort: die Sprachlosigkeit. Oder, besser ausgedrückt, die scheinbare Unfähigkeit des modernen Menschen, anderen durch Sprache nahe zu kommen und mit Worten wirklich Kontakt herzustellen.

Es greift mir jedes Mal ans Herz, wenn ich sehe, wie Menschen aneinander vorbeireden, wie sie sich nicht verstehen wollen oder können, und ich möchte am liebsten aufspringen und sie aneinanderstoßen, damit sie, wie es so schön heißt, in feurigen Zungen zueinander sprechen.

Das ist einer der Gründe, wieso ich unsere Literatur so liebe. Wir haben im Lauf der Jahrhunderte eine solch reichhaltige Sprache erschaffen, einen solch differenzierten Sprachgebrauch entwickelt, dass wir in der Lage sind, fast alles in Worte zu fassen. Auch das scheinbar Unsagbare.

Dadurch sind wir nicht gezwungen, uns in einfache Mythen oder Märchen zu verlieren oder ins Nebulöse zu verfallen, sondern können die Sprache so verwenden, dass jeder, der sich ihr mit Hingabe und Leidenschaft nähert, fähig ist, beinah alles in ihr auszudrücken und zu verstehen.

Wenn ich durch die Straßen laufe, wenn ich an Bahnsteigen stehe oder im Kaffeehaus sitze, dann lausche ich seit jeher den Stimmen der Menschen. Ich versuche, den Sinn ihrer Worte zu erfassen und zu erahnen, was sie sagen wollen.

Aber heute werde ich zunehmend ratlos. Nicht, weil mir die Themen fremd sind, sondern weil ihnen buchstäblich die Worte fehlen. Ich bin entsetzt über die Verarmung ihrer Sprache, den Verlust an Farben, an Zwischentönen, an all dem, was eine Sprache lebendig macht und was über das Unsagbare hinausweist.

Diese Verwahrlosung, diese Sprachlosigkeit, scheint heute überall zu herrschen, nicht nur auf den Straßen. Mir scheint, als hätte sie sich zum bestimmenden Moment unserer Zeit aufgeschwungen, das sich in unsere Herzen frisst.

Oder, wie Allen Ginsberg es einmal nannte: *„Moloch der früh in meine Seele eindrang! Moloch dessen Herz ein kannibalischer Dynamo ist!"*

Aber kommen wir zurück zu den Büchern. Denn vielleicht stimmt das alles gar nicht. Vielleicht sind das nur düstere Gedanken eines alten Lesers, der sich eine ideale Welt erträumt und was wir heute sehen, sind die normalen Veränderungen, denen die Sprache nun mal unterworfen ist.

Denn Sprachlosigkeit gab es auch früher schon. Joseph Roth etwa hat sie in seinem Roman „Radetzkymarsch" so wunderbar beschrieben.

Es ist dies eine Erzählung über drei Generationen an Männern, die von ihren eigenen Lebensgeschichten abgeschnitten sind und deshalb sprachlos durch ihr Leben laufen. Unfähig, miteinander zu kommunizieren, unfähig, einen Weg zueinander zu finden, stehen sie alleine in ihrer Welt und sterben alle drei einen einsamen Tod, als trauriges Ende eines gleichermaßen sinnentleerten wie sprachlosen Lebens.

Schon der Großvater Trotta wurde durch Zufall aus seiner geordneten Welt gerissen.

Als Lebensretter des Kaisers geadelt und zum Leutnant befördert, findet er keinen Weg zurück zu seinen Kameraden und verliert sowohl die Verbindung zu seiner neuen Heimat als auch an die Lebenswelt seiner Väter.

Sein Sohn lebt an der Seite dieses zutiefst verbitterten Menschen. Schwer gezeichnet und seelisch verkrüppelt gelingt es auch ihm nicht, eine Beziehung zu seinem eigenen Kinde aufzubauen. Was ihn durch das Leben trägt, ist allein das Gerüst seiner Stellung und ein letzter Teil der ererbten Kraft.

Erst im Alter gelingt es ihm, wenigstens für Augenblicke, diesen Panzer zu durchbrechen und zaghaft die Hand nach seinem Kinde auszustrecken.

Aber es ist zu spät.

Denn sein Sohn ist gänzlich verloren in seiner eigenen Sprachlosigkeit. Dem letzten Spross der Trottas geht alles ab, was ein erfülltes Leben überhaupt noch möglich machen würde. Er hat keine Wurzeln mehr, wie ein gefallenes Blatt treibt er sinnlos durch sein Leben und kann keinen Kontakt mehr zu anderen Menschen herstellen.

Und bleibt so sein Leben lang einsam und allein.

Das Buch zeigt eindringlich, wie sehr die Sprachlosigkeit die Menschen trennt. Wie sehr sie sie hindert, Kontakt aufzubauen, erwachsen zu werden und im wahrsten Sinne des Wortes zu überleben.

Und damit zeigt es auch, wie wichtig eine ausdifferenzierte Sprache für uns Menschen ist.

Vor allem aber zeigt es die wahre Einsamkeit der Sprachlosen, ihre Sehnsucht, ihre Entfremdung und ihren Schmerz.

Und die Unmöglichkeit, all dem zu entkommen.

# Herr und Hund

In unserer Welt ist es schwer geworden, sich ein erfülltes Leben überhaupt noch vorzustellen. Wir sind so sehr von unseren Wurzeln abgeschnitten, von unserer Menschlichkeit und dem, was uns ausmacht, dass die meisten Menschen schreiend zusammenbrächen, müssten sie sich einmal ungeschminkt im Spiegel sehen.

Ich will damit nicht in den geistlosen Ruf: „Zurück zur Natur!“ einstimmen. Ich glaube nicht, dass wir unsere Kultur verwerfen sollten, um wieder frei zu werden, denn dafür liebe ich sie zu sehr.

Ich liebe ihre Musik, ich liebe ihre Gedanken und unsere gemeinsame Geschichte. Vor allem aber liebe ich die Literatur und die Art der Menschlichkeit, die sich nur durch die Beschäftigung mit ihr entwickeln konnte.

Aber trotzdem, manchmal glaube ich, dass wir einen zu hohen Preis für unseren Fortschritt gezahlt haben.

Soweit ich mich erinnern kann, war es Thomas Wolfe, der einmal sagte, dass eine Frau immer vollkommen ist und in sich ruht, weil sie Kinder gebiert und ihr Leben lang aufs Engste mit ihnen verbunden bleibt.

Und dass aus diesem Grund einem Mann immer etwas fehlen wird. Dass in seinem Herz ein Mangel herrscht und eine Sehnsucht, die ihn immer wieder hinaustreibt in die Welt, um sie kennenzulernen, sie zu erforschen und sich schließlich in ihr zu verlieren.

Denn egal, was er auch tut, immer bleibt eine leise Stimme zurück, die an ihm zerrt und die ihn zugleich forttreibt und nach Hause ruft.

Klingt das nach einer kruden Theorie? Altmodisch, längst überholt und fahrlässig dumm? Ich weiß es nicht. Aber ich glaube, tief im Herzen kennen alle Männer diese Stimme. Diese leise Stimme, die nie verstummt und ein Leben lang nach uns ruft und an uns zerrt.

Auch heute noch, in dieser satten, zufriedenen Zeit.

Ich glaube, dass auch Thomas Mann diese Stimme kannte.

Heute gilt er ja nur noch als Repräsentant einer längst vergangenen Zeit. Als intellektueller Artist, der mit Sprache und Formen spielte und unfähig war, wirklich tief zu empfinden.

Aber wenn das stimmt, wie hätte er dann den „Tod in Venedig“ schreiben können? Wie hätte er die „Buddenbrooks“ oder den „Tonio Kröger“ erschaffen können, wenn nicht siedend heißes Blut durch seine Adern geflossen wäre?

Wir reduzieren ihn nur deshalb auf ein solch blasses Abbild seiner selbst, weil wir nicht mehr gewohnt sind, wirklich tief zu blicken. Und weil wir, wenn wir von Künstlern sprechen, ein verzerrtes Bild der Wirklichkeit haben, dessen deutlichster Ausdruck der Boheme ist.

Der Bohemien! Dieses Bild des Künstlers als leidendes, an der Welt verzweifelndes Wesen, das abseits der Gesellschaft steht und über den man im besten Falle lächelt (aber niemals ernst nehmen kann), ist eine der dümmsten Reduktionen unserer jüngeren Kulturgeschichte.

Denn damit legen wir den Künstler fest auf ein infantiles Wesen, das nicht mehr fähig ist, seiner so wichtigen Aufgabe in unserer Gesellschaft nachzukommen.

Es mag schon stimmen, jeder Künstler braucht heißes Blut in seinen Adern, Leidenschaft und ausschließliche Hingabe an sein Werk, und das mag uns manchmal verrückt erscheinen, jedenfalls „ver- rücktheit“ in Bezug zu unserer normalen Welt (ansonsten wäre er nur ein Techniker, ein Mathematiker der Form).

Aber gleichzeitig muss er eben auch hellwach sein, mit klarem Geist und einem Intellekt, der ihn zwingt, sein Werk in eine Form zu pressen und sich nicht dilettantisch in Gefühlen zu suhlen.

Jeder Künstler hat beide Seiten in sich (auch, wenn man das heute gerne vergisst), und es zeugt von seinem Mut und seinem Talent, inwieweit es ihm gelingt, diesen Zwiespalt harmonisch in seinem Werk ausschwingen zu lassen.

Thomas Mann war ein edler Geist, ein wacher Intellekt, der sehr stark die eine Seite seines Wesens betonte.

Was aber geschah mit all den Dingen, die er bewusst zurückhielt und unterdrückte?

In seiner späten Erzählung „Der Tod in Venedig" beschreibt er es selbst. Wie sich das allzu lang zurückgestaute Leben Bahn bricht, wie es sich einen kleinen Spalt sucht, die letzten Dämme einreißt und sich in einer Sturzflut ergießt, gegen die es keinen Halt mehr gibt.

Im wahren Leben ist ihm das wahrscheinlich nie passiert (jedenfalls ist mir nichts davon bekannt).

Und so suchte sich seine Seele auf der Suche nach Freundschaft und Hingabe andere Wege suchen.

Und er fand sie. Nicht im intellektuellen Gespräch mit Freunden, im Erfolg oder in der Liebe zu einer Frau, sondern an der Seite seines Hundes.

Ich glaube sowieso, dass es zwischen einem Mann und seinem Hund ein tiefes, unverstandenes Band gibt. Tiefer, als wir es uns eingestehen wollen. Denn Hunde leben all das, was heute zu fehlen scheint. Lebendigkeit, Stärke, Mut, Klugheit und ein freies, schweifendes Leben.

Ich glaube, dass auch Thomas Manns durch die Beschäftigung mit seinem Hund Anteil an dieser Freiheit fand. Auch wenn ihm das nicht bewusst war, so spricht es doch aus jeder Zeile seiner Geschichte.

Seine Sehnsucht nach Bewegung, seine Lust auf Jagd und Freude.

*„Da ist es die Jagd mit Bauschan, die mich zerstreut und erheitert, die mir die Lebensgeister weckt und mich für den Rest des Tages wieder instand setzt.“*

Es berührt, wie dieser harte Geistesmensch an seinem Hunde hängt.

*„Erheiterung und Sympathie bewegen mir die Brust, wie fast ohne Unterlass in seiner Gesellschaft und Anschauung.“*

Und doch ist die ganze Geschichte durchdrungen von einem zarten Gefühl der Wehmut. Von dem Bewusstsein, dass er nicht der Mann war, der an der Seite dieses Freundes bestehen konnte.

*„Sein Traumleben war zu offenkundig nur ein künstlicher Ersatz für wirkliches Rennen und Jagen, den seine Natur sich bereitete, weil das Glück der Bewegung im Freien ihm beim Zusammenleben mit mir nicht in dem Maße zuteil wurde, wie sein Blut und Sinn es verlangte.“*

Oder, wie er mit leiser Stimme klagt: *„Sein Leben ist Warten ...“*

# Tonio Kröger

Was mir in unserer Kultur fehlt, ist der verzweifelte Kampf der Künstler gegen die Welt, in die sie geworfen wurden.

Ich sehe fast nur Autoren, die dem Publikum schmeicheln, klassische Musiker, die ihre Zeit an Crossover Projekte verschwenden oder Maler, die das auf die Leinwand klatschen, wofür am Ende des Tages das meiste Geld winkt.

Aber kaum jemanden geht es noch um das Kunstwerk an sich. Das Ziel fast aller Künstler heute scheint es zu sein, den Menschen zu gefallen und gutes Geld zu verdienen.

Auch die sogenannten Außenseiter, die paar Rebellen, die im Kampf gegen den Mainstream stehen und sich als weltabgewandte Künstler nur um ihre Werke kümmern, sind nur Apologeten desselben Spiels.

Denn sie verbreiten genau diese Attitüde auf Tausenden von Kanälen und hoffen, auf diesem Weg, erfolgreich und berühmt zu werden.

Versteht mich bitte nicht falsch. Natürlich muss ein Mensch von irgendetwas leben, natürlich ist Kunst auch ein Geschäft und die Mär vom sorgenlosen Poeten, der glücklich um seiner Kunst willen am Hungertuch nagt, ist weder wahr noch besonders originell.

Aber wenn Geld und Erfolg zum Hauptantrieb eines Künstlers werden, dann hat er seine Berufung verfehlt. Dann sollte er sein Werkzeug liegen lassen und lieber Bankdirektor werden, Kaufmann oder Skirennläufer.

Aber er sollte nicht versuchen, ein Sprachrohr des Schönen in unserer Welt zu sein.

Da ist es eine Wohltat, sich wieder bewusst zu machen, was den Künstler einst auszeichnete und sich in eine Geschichte zu vertiefen, die zeigt, wie es früher einmal war. Wie fruchtbar etwa der Boden zu Beginn des letzten Jahrhunderts schien, auf dem sich ein junger Mensch im Widerstreit zur Gesellschaft zu einem Poeten entwickeln konnte.

Am Beginn von Thomas Manns Erzählung „Tonio Kröger“ sehen wir einen einsamen Knaben. Von der Familie des Vaters her fest verwurzelt in der Gesellschaft und Denkart seiner norddeutschen Heimat, ist er durch das Blut seiner Mutter mit dem Kainsmal des vagabundierenden Künstlers gezeichnet.

Und dadurch ein Fremdling unter den Menschen seiner Welt.

Anhand einzelner Episoden erfahren wir die Geschichte eines zu früh Gezeichneten. Wir sehen seine Sehnsucht nach den Menschen, seine Sehnsucht nach Aufgehen in Kameradschaft und Liebe.

Und wir sehen, wie der Ruf der Kunst ihn wegzieht aus der Gesellschaft der allzu Angepassten. Weg von den Gewöhnlichen, den Ordentlichen, um deren Zuneigung er bitter einsam kämpft und von denen ihn trotz aller Mühe immer ein tiefer Abgrund trennen wird.

Egal, ob Tonio nun sein Herz an einen Freund hängt oder an ein schönes Mädchen, immer bleibt er der Fremde, der Unverstandene, der nicht in ihre Welt zu passen scheint.

Denn wie alle echten Künstler ist er der Sand im Getriebe der Wohlanständigen, der den Menschen einen Spiegel vorhält, in dessen wahren Schein sie nicht blicken wollen.

Und so wendet er sich schließlich ab und wandert einsam allein durch die Wüste seiner frühen Jahre, mit scharfem, wachem Blick, bis die letzten Fesseln von ihm abfallen und er einsam in die Fremde zieht.

Im Mittelteil sehen wir ihn als frühreifen Künstler, als müden Beobachter der Kultur, der im Gespräch mit einer befreundeten Malerin über sein Leben räsoniert. Der das Lied vom ewig unverstandenen Schöpfer singt, der in einer kalten Welt nicht existieren kann.

Und der dann, mit lachender Stimme, den Todesstoß erhält: *„Die Lösung ist die, dass Sie, wie Sie da sitzen, ganz einfach ein Bürger sind. Nicht wahr, das trifft Sie hart, und das muss es ja auch. Und darum will ich den Urteilsspruch um etwas mildern, denn das kann ich. Sie* *sind ein Bürger auf Irrwegen, Tonio Kröger – ein verirrter Bürger."*

Worauf er zerschmettert antwortet: *„Ich bin erledigt."*

Im letzten Teil kehrt er zurück in den Norden. Jahrelang suchte er sein Künstlertum durch den Kontakt mit der Welt seiner Mutter zu verfeinern und verleugnete dabei die Wurzeln, die ihn prägten.

Doch jetzt fährt er zu den Menschen und der Luft, die er so lange mied. Denn es ist die Welt seines Vaters, das Meer, die grauen, stürmischen Tage und der raue Klang der Stimmen, nach denen seine Seele ruft.

Denn wie jeder Mensch hat er Wurzeln, die tiefer reichen, als er glaubt. Und erst im Kampf gegen den vorherbestimmten Weg, in einem lebenslangen Bemühen um Freiheit und Wissen, kann man sich von den Fesseln des Alten befreien und schließlich etwas Neues schaffen.

Auch dem Tonio Kröger ging es so.

Er ging zurück in seine alte Heimat, und plötzlich spürte er seinen Herzschlag wieder und seine Sehnsucht blühte auf wie ein morscher Baum, der nach langer Zeit neue Triebe setzt.

Und so gelingt es ihm, Frieden zu schaffen zwischen dem Sturm seiner Seele und der Ruhe seiner Heimatwelt.

Um daraus ein wahrhaftig großes Werk zu erschaffen.

# Verwirrung der Gefühle

Ich habe Stefan Zweig erst relativ spät in meinem Leben kennengelernt. Ich weiß noch, dass es auf der Abschiedsfeier eines Professors war, von der ich mich nicht unbemerkt davonstehlen konnte. So blieb ich notgedrungen dort, blickte mich freundlich lächelnd um und suchte nach dem sprichwörtlichen Strohhalm, der mir den Abend retten sollte. Und fand ihn schließlich in Form eines kleinen Buches, das, eingeklemmt zwischen ein paar Modezeitschriften, einsam auf einem Küchenbord stand.

Erleichtert zog ich es hervor, nahm mir eine Flasche Wein und setzte mich in eine ruhige Ecke. Um nach ein paar Seiten alles um mich herum vergessen zu haben.

Als ich Stunden später aufblickte, war vor den Fenstern schon der Morgen zu sehen und die letzten Gäste waren gerade am Aufbrechen. So versuchte ich das Buch möglichst unbemerkt unter meine Jacke zu stecken, ließ mir von meinem Lehrer noch eine Flasche Wein geben und ging ebenfalls nach Hause.

Mit vollem Herzen und beschwingten Schritt, erfüllt von der Gewissheit, gerade einen der interessantesten Dichter der deutschen Literatur kennengelernt zu haben.

Aber das ist heute schon lange her. Die Bekannten von damals habe ich alle aus den Augen verloren (für keinen von uns ein großer Verlust), und auch mich selbst würde ich heute kaum noch erkennen.

Nur Zweigs Novellen sind mir geblieben, bis heute ein Quell an Freude und Inspiration, und allein deshalb denke ich mit manchmal mit Wehmut an diese Feier zurück, an die Nacht, als ich sie kennenlernen durfte.

Stefan Zweig beweist sich hier als ein Meister der kleinen Form. Jede einzelne seiner Novellen ist ein aufs Äußerste gedrängtes Seelendrama, ein eigener Kosmos auf weniger als hundert Seiten, der uns im Innersten berührt und nicht mehr loslässt. Nicht zuletzt gelingt ihm das durch seine gedrängte, atemlose Erzählweise, die wohl einsam dasteht in der Literatur seiner Zeit.

*„... meine Neugier war durch jenen Vortrag leidenschaftlich entzündet und ich las gedichtetes Wort, wie ich es nie gelesen. Kann man derartige Verwandlungen erklären? Aber mit einmal ging mir eine Welt im Geschriebenen auf, die Worte zuckten nur so auf mich zu, als suchten sie mich seit Jahrhunderten; eine Feuerwoge lief der Vers, mich mitreißend, bis ins Adernwerk hinein, dass ich jene seltsame Gelockertheit in Schläfen fühlte wie in einem Flugtraum. Ich zuckte, ich zitterte, ich fühlte das Blut wärmer mich durchwogen, wie Fieber flogs mich an, ...“*

Zweig beschreibt in seiner Erzählung „Verwirrung der Gefühle“ die wichtigsten Wochen in der Jugend eines alternden Philologen. Die Erlebnisse, die ihn zum Leser machten, zum geistigen Adepten des Wortes, und die sein ganzes Leben bestimmten.

Aber für mich scheint diese Novelle noch tiefer zu reichen, als uns diese vordergründige Geschichte zeigt.

Wenn wir in sie eintauchen, wenn wir mit den Figuren mitleiden und uns durch Zweigs Sprache entzünden lassen, dann lernen wir eine Begeisterung an der Literatur kennen, die heute schon verloren scheint.

Und vielleicht, wenn wir Glück haben, ist es eine Begeisterung, die uns ansteckt und mit sich fortreißt.

*„Erst müsst ihr bei den Dichtern die Sprache hören, bei ihnen, die sie schaffen und vollenden, ihr müsst Dichtung einmal atmend und warm am Herzen gespürt haben, ehe wir sie zu anatomisieren anfangen."*

Und, etwas später: „*... hier aber, fühlt es selbst, ihr jungen Menschen, hier die lebendigste Jugend unserer Welt. Immer erkennt man ja jede Erscheinung, jeden Menschen nur in ihrer Feuerform, nur in der Leidenschaft. Denn aller Geist steigt aus dem Blut, alles Denken aus Leidenschaft, alle Leidenschaft aus Begeisterung."*

Stefan Zweig zeigt hier einen Weg, wie Dichtung wieder erlebbar gemacht werden kann, mit all unseren Sinnen. Einen Weg, Sprache nicht mehr nur als Kommunikationsmittel zu verwenden, sondern sie in ihrer höchsten Form, als Überträgerin von Gedanken und Gefühlen, zu erkennen, sie in dieser Rolle wieder zu lieben und uns dadurch einen neuen Kosmos zu erschließen.

Und dafür danke ich Stefan Zweig (und meinem ehemaligen Lehrer).

# Unterm Birnbaum

Ich habe mir einmal die Zeit genommen und die Liste der meistverkauften Bücher der letzten Jahre durchgesehen.

Ganz oben stehen natürlich Krimis und Thriller, knapp gefolgt von Ratgebern und Sachbüchern. Romane sind fast ausschließlich auf den hinteren Plätzen zu finden, wobei die Bezeichnung „Romane“ ein breites Spektrum von gehobener Literatur über Historiendramen bis hin zu Liebesgeschichten abdeckt.

Das hat mich natürlich zum Nachdenken gebracht, vor allem darüber, wieso gute Literatur heute einen so schweren Stand hat.

Ich glaube, ein Grund dafür ist, dass die Welt heute ein so komplexer Ort geworden ist, dass die Menschen einen Großteil ihrer Kraft aufbringen müssen, um überhaupt geistig gesund zu bleiben. Und den Rest ihres Lebens verbringen sie lieber mit Geschichten, die ihre Zeit totschlagen und den Geist nicht zu sehr beanspruchen als mit solchen, deren komplexe Handlungsstränge sie wirklich herausfordern würden.

Krimis haben dabei eine besondere Stellung, denn durch ihren Zugang zur Welt hat die Beschäftigung mit ihnen eine kathartische Wirkung. Denn es gibt immer eine klar umrissene Tat, einen eindeutig Schuldigen und mit dem Ermittler den Archetypus eines Helden, der vor einem

Rätsel steht und es allein durch die Kraft seines Geistes löst.

Der Leser kann sich währenddessen zurücklehnen und mit wohligem Schauer auf das Ende warten, um sich dann wieder ungestört seinem Leben zu widmen.

Dabei sage ich bewusst ungestört, denn selten werden in diesen Büchern Fragen berührt, die an das Wesen des Menschseins greifen und über das Buch hinaus weisen.

Eine andere Antwort habe ich im Buch der amerikanischen Autorin Jean M. Twenge gefunden. In „Me, My Selfie and I“ spricht sie davon, dass Menschen durch die massive Benutzung der Neuen Medien Gefahr laufen, auf einer frühen Entwicklungsstufe stecken zu bleiben, immer später erwachsen zu werden und als Erwachsene sogar in ihrer Entwicklung zurückzufallen.

Das würde auch in Bezug auf die schöne Literatur vieles erklären.

Denn wenn wir ehrlich sind, dann braucht es, um Literatur wirklich genießen und verstehen zu können, einen ganzen Menschen, eine gefestigte Persönlichkeit, die von ihrem Standpunkt aus neue Gedanken produktiv aufnehmen und mit ihrem Leben verknüpfen kann.

Denn gute Literatur wirft mehr Fragen auf, als sie beantwortet. Sie berührt tiefere Ebenen unseres Seins, lässt uns hinter den Schleier des Alltäglichen blicken und gibt uns tiefere Einsichten in das Wesen des Menschen.

Ich finde den Ansatz von Jean M. Twenge sehr interessant. In Bezug auf unser Thema würde wäre das auch eine Erklärung, wieso sich viele Erwachsene mittlerweile literarisch auf dem Niveau von Kindern befinden und nur noch spannende Geschichten hören wollen, Geschichten, in denen etwas geschieht und der stete Kitzel des Neuen sie ununterbrochen am Laufen hält.

Denn genau das kann man heute auch an unseren Literaturlisten beobachten, die kaum noch Bücher enthalten, die über unsere Welt hinausweisen und uns aus unserem Dämmerzustand reißen.

Trotzdem möchte ich heute einmal über eine Kriminalgeschichte sprechen, über die Chronik eines Verbrechens aus Habsucht. Aber im Mittelpunkt von „Unterm Birnbaum" steht nicht, wie heute üblich, die Tat an sich, sondern die psychischen Hintergründe der Mörder und die Auswirkungen eines Mordes auf ihr Leben.

Abel Hradscheck ist ein schlechter Wirt. Er spielt und trinkt selbst mehr als seine Gäste und das wenige Geld, das er einnimmt, reicht bald nicht mehr zur Begleichung seiner Schulden.

Dabei ist er weniger verschwendungssüchtig und prachtliebend als vielmehr einfach nur unglücklich. Denn seine Frau Ursel hat sich zwar an der Oberfläche mit ihrem Leben arrangiert, aber in Wirklichkeit konnte sie sich nie mit ihrem gesellschaftlichen Abstieg und ihrer Rolle als Wirtsfrau abfinden. Und so versucht sie, ihre innere Leere mit Luxus und sinnlosen Spielereien zu füllen.

Doch durch die zunehmenden Schulden droht das mühsam errichtete Lügengebäude einzustürzen.

Abel sieht nur noch einen Ausweg: den Mord an einem Handlungsreisenden und den Diebstahl seines Goldes.

Und so bedrängt er seine Frau, bis sie schließlich in die Tat einwilligt. Denn er weiß, ihr größter Albtraum ist es, wieder arm zu sein: *„Armut ist das Schlimmste, schlimmer als der Tod,"* stößt sie einmal voller Furcht hervor.

Doch Abels Frau kann mit dem Geschehenen nicht umgehen. Sie erkrankt und stirbt, unfähig, die Tat zu vergessen und mit ihrer Schuld zu leben.

Hradscheck hingegen scheint das Gewissen nicht zu plagen. Nach dem Tod seiner Frau lebt er in Saus und Braus, äußerlich unberührt und scheinbar glücklich. Doch auch ihm hat sich der vergiftete Wurm in die Seele gefressen und vergällt ihm so das Leben.

Theodor Fontane schrieb keinen klassischen Kriminalroman, sondern er schuf ein düsteres Gemälde, in dem er zeigt, was ein Verbrechen mit den Menschen macht und wie sehr es sie verändert. Bis zum bitteren Ende.

Eines der wenigen Werke der Kriminalliteratur, das ich gelesen habe und uneingeschränkt empfehlen kann.

# Simons Papa

Jede Zeit hat ihre eigenen Vorurteile. Die Menschen saugen sie schon als Kinder auf und bald sind sie ihnen so vertraut wie die Luft zum Atmen und scheinen die einzige Wahrheit zu sein.

Deshalb glaubt auch jede Generation, dass die gesamte Geschichte nur dazu da war, genau an diesen Punkt zu führen, an dem sie heute steht. Und jede Generation glaubt aufs Neue, die geistig und menschlich am weitest entwickelte zu sein und fühlt sich der Vergangenheit gegenüber moralisch überlegen.

Dabei ist dieser Glaube an die eigene Größe meist nur ein weiteres Vorurteil und wenn wir uns heute umsehen, dann stimmt er fast nur im Bereich der Wissenschaft und Technik.

Denn auch in unserer Gesellschaft finden sich moralische Überlegungen aus dem Mittelalter neben Anklängen der Aufklärung und grundlegende Bedürfnisse aus der Urzeit stehen unreflektiert neben Wünschen, ausgelöst durch die letzten Werbeeinblendungen.

Das hat mir einem interessanten Phänomen zu tun.

Bei allen menschlichen Entwicklungen sind es immer nur Einzelne oder sehr kleine Gruppen, die etwas entdecken und vorantreiben. Und nur durch Zufall oder ein glückliches Geschick sickern ihre Gedanken ein in die

Moden der Zeit und verändern dadurch, wie sich die Menschheit entwickelt.

Denken wir etwa an die Erfindung des Autos oder des Internets, die keiner voraussehen konnte und kaum jemand von uns versteht, die aber das Leben der gesamten Menschheit veränderten (und damit auch unsere Gedankenwelt und unseren Blick auf das Leben).

Genauso ist es auch in der geistigen Entwicklung. Es sind immer einzelne Individuen, Genies der Seelenkunde, die unsere Evolution vorantreiben und neue Stufen der Menschlichkeit ermöglichen.

Ausgelöst wurden diese Gedanken durch eine Erzählung von Guy de Maupassant, der Geschichte eines kleinen Jungen, der ohne Vater aufwächst und deshalb unter dem Spott seiner Kameraden zu leiden hat.

In unseren aufgeklärten Ohren mag diese Ausgangssituation etwas antiquiert klingen, aber täuschen wir uns nicht: Hinter dieser Aufgeklärtheit ist unsere Zeit voll mit eigenen Vorurteilen und wir leben in einer Welt, in der Kinder ausgegrenzt werden, weil sie zu dick sind, keine Markenklamotten tragen oder nicht das neueste Smartphone besitzen.

Aber um auf die Geschichte zurückzukommen - Maupassant musste mit dem Material spielen, das er zu seiner Zeit vorfand und deshalb versuchen wir die Erzählung als das zu sehen, was sie ist: eine Geschichte über den Schmerz eines kleinen Jungen, dem bewusst wird, dass er sich in einer ausweglosen Situation befindet und er gegen sein Leid nichts tun kann.

Maupassant muss einen wunderbaren Geist besessen haben, denn in seinen Geschichten spürt man, welch differenzierten Blick er auf die Menschen warf und mit welcher Klarheit er ihre innersten Beweggründe durchschaute.

Und wie wahrhaft begnadet er das alles in Worte verwandeln konnte.

Auch dieses Werk aus seiner Feder ist ein großer Wurf. Und für mich persönlich hat es eine ganz besondere Bedeutung.

Denn ich kenne viele Bücher, die unseren Geist erweitern. Es gibt viele, die uns berühren und zum Nachdenken bringen. Und manche davon rühren uns sogar zu Tränen.

Aber nur ganz wenigen Bücher gelingt das, ohne Tod und Verzweiflung heraufzubeschwören und aus dem Vollen zu schöpfen.

„Simons Papa" dagegen ist eine Geschichte, die das Herz berührt und mich zum Weinen bringt, obwohl (oder gerade weil) sie gut ausgeht.

Auch jetzt, bei meiner vielleicht zehnten Reise durch das Buch, verkrampft sich mein Herz, wenn der kleine Junge in die Schmiede seines Freundes tritt. Voller

Verzweiflung und doch gleichzeitig so voll mit kindlich vertrauender Hoffnung.

Und ich spüre den Stolz seines neuen Vaters, seine Freude und sein Lachen, weil er endlich da ist, wo er hingehört. An der Seite des kleinen Simon, der nun endlich, endlich einen Papa hat.

Aber ich bin kein Schriftsteller, ich kann meine Worte nicht so setzen, dass ihr diese Geschichte nachempfinden könntet. Ihr werdet das erst verstehen, wenn ihr sie selbst gelesen habt.

Und dabei wünsche ich euch viel Freude und Herzschmerzen.

# Der Steppenwolf

Der Steppenwolf war das erste „richtige“ Buch, das ich in meiner Jugend las. Ich weiß noch genau, wie es mir ein Banknachbar unter dem Tisch zuschob und dabei flüsterte, dass ich diesen Band unbedingt lesen müsse, denn darin sei „die Wahrheit“.

Natürlich, die Wahrheit! Ich war mir damals ziemlich sicher, dass nichts einfacher sein müsse, als sie zwischen zwei Buchdeckel zu pressen.

Na ja, zu meiner Entschuldigung sei gesagt, dass ich damals sehr jung und unerfahren war und noch kaum etwas von der Welt gesehen hatte.

Seitdem ist mehr als ein Vierteljahrhundert vergangen und langsam färben sich meine Haare grau. Aber obwohl ich in all den Jahren so viele Wege gegangen bin, habe ich nicht das Gefühl, dass ich der Wahrheit auch nur um einen Schritt nähergekommen bin.

Und schön langsam beschleicht mich das Gefühl, dass es so etwas wie Wahrheit überhaupt nicht geben kann. Und wenn doch, dass wir sie niemals in einem Buch finden werden.

Aber diese Geschichte!

Was sie damals für mich bedeutete, lässt sich kaum beschreiben. Denn hier wurde zum ersten Mal all das in Worte gefasst, was ich bis dahin nur unbewusst empfinden konnte. Ich sah Hallers Ekel auf die Gesellschaft, seine Trauer über den Verfall unserer Kultur und vor allem sah ich seine bodenlose Einsamkeit.

Und damit begann für mich der Weg des Erwachens.

Deshalb möchte ich euch heute ein wenig für den „Steppenwolf" begeistern.

Das scheint mir nötig, da Hermann Hesse heutzutage bei vielen Kritikern einen schweren Stand hat. Sei es, dass sie ihm vorwerfen, keine Romane schreiben zu können, sei es, dass sie ihn nur als alten Romantiker sehen, dessen Werke nur junge Menschen berühren.

Nachdem ich lange mit diesen Aussagen gekämpft habe, kann ich sie mittlerweile für mich abtun. Denn ich glaube, dass sie weniger mit Hesses Werk zu tun haben als mit seinen Kritikern. Ich glaube, dass sie einfach gelernt haben, mit den Wölfen zu heulen und über ihre Träume zu lachen. Und dass Hesses Bücher einen Teil ihres Selbst berühren, den sie verleugnen und ablehnen müssen.

Denn genauso ergeht es auch mir!

Auch ich fühle mich reifer und vernünftiger geworden. Ich habe einen Teil der Welt gesehen, mir über Dieses und Jenes Gedanken gemacht und vieles erlebt. Und daher glaube ich heute weiser zu sein als in meiner Jugend.

Aber manchmal denke ich mir auch, dass ich in Wahrheit nur meine Träume verloren habe und meine Hoffnung. Und dass ich eigentlich einstimmen müsste in den Chor seiner Kritiker, denn Hesses Werk hat wirklich viele Schwächen (obwohl – wer bin ich schon, ihn zu kritisieren?).

Aber trotzdem, trotz all meiner Zweifel, berührt dieses Buch mich noch immer. Bei jedem Lesen bringt es Saiten in mir zum Klingen, die ich schon lange verrostet glaubte, und plötzlich fühle ich die Einsamkeit wieder, in der Haller lebt. Seine Verzweiflung über das Dasein, seine Trauer über das Verschwinden unserer Kultur und seine hoffnungslose Müdigkeit. Denn all das ist mittlerweile auch ein Teil meines Lebens geworden.

Ich habe mich oft mit der Frage beschäftigt, wieso eigentlich Hesse immer als Autor der Jugend gesehen wird. Der einen nur begeistert, solange man noch nicht „reif" und erwachsen ist.

Das ist eine sehr interessante Frage, denn was will man im Grunde damit sagen? Dass wir erst reif sind, wenn wir in der Masse mitlaufen, dasselbe denken wie alle anderen und Geld und Macht höher bewerten als unsere Kunst und Kultur? Oder die kümmerlichen Reste unserer eigenen Menschlichkeit?

Die Antwort auf diese Frage müsste eigentlich ein lautes „Nein" sein. Ein Schrei aus tiefster Seele und ein sich aufbäumen gegen dieses trostlose Schicksal!

Lassen wir uns doch nicht von Unterhaltung und Konsum zuschütten, sondern behalten wir unsere Träume und unsere Sehnsucht. Denn im Kern sind sie das, was unser Leben ausmacht und zeigen uns die Spur, die uns zum

Menschsein führt, zur Menschlichkeit, auch in unserer Zeit.

Und dabei kann uns Hermann Hesse helfen!

Denn er schrieb ja nicht nur als junger Mann und er hat auch nie allein für junge Menschen geschrieben. Vielmehr war er sein Leben lang selbst der unverstandene Träumer, der Suchende, der Irrende, der sich immer wieder auf die Reise machte, um für sich einen Weg zu finden. Und der schließlich all das aufschrieb, in klaren, einfachen Worten und in Geschichten, die uns im Innersten berühren.

Deshalb kann ich jedem Menschen nur empfehlen, es noch einmal mit Hesses Büchern zu versuchen!

Wenn ihr merkt, dass etwas Wichtiges in eurem Leben fehlt, wenn ihr eure Träume vermisst oder Sehnsucht nach eurer Jugend habt, dann nehmt seine Bücher zur Hand und beginnt dabei am besten mit dem „Steppenwolf“.

Dieses Werk scheint mir am besten ins Heute zu passen, denn es ist traurig, es ist dunkel und müde wie unsere Zeit. Aber es ist auch von einer eigenartigen Schönheit beseelt und treibt einen Pfahl tief ins versteinerte Herz unseres Selbst.

Denn Harry Haller ist wie wir. Er geht verbittert einsam seinen Weg, verloren auf seltsamen Pfaden, und stolpert durch das Dunkel der Welt. Aber trotzdem macht er immer weiter, bis dieser Kelch zur Neige geht.

Um dann den Sprung zu wagen, hin zu Picasso, zu den Sternen, hin zu Mozart und zur Musik. Und vielleicht sogar zu sich selbst.

Und das sollten auch wir tun.

Auch wir sollten wieder neue Pfade suchen. Zu unseren geliebten Büchern, zur Musik, zu unserer Geschichte und Kultur.

Und auch wir sollten schlussendlich diesen allerletzten Sprung wagen.

# Schlusswort

Leider sind wir schon am Ende angelangt und ich kann nur hoffen, dass Ihnen das Buch gefallen hat. Vor allem aber würde ich mir wünschen, dass ich Ihre Begeisterung für die Literatur wieder neu entflammen konnte (falls das überhaupt nötig war), dass es ein kleiner Schups war, damit Sie wieder ein begeisterter Leser werden und auch andere dafür begeistern können.

Denn das scheint mir so wichtig in einer Welt, die erfüllt ist von Lärm und Ablenkungen, und in der fast jeder Mensch glaubt, dass Bücher etwas Altmodisches und Belangloses sind und sie uns nichts mehr angehen.

Doch das ist nicht nur tragisch und beängstigend, sondern in erster Linie ist es furchtbar traurig. Vor allem die Jugend ist es, die mir leidtut, denn sie hat kaum noch die Möglichkeit, diese Welt kennenzulernen.

Zu einem guten Teil sind auch wir dafür verantwortlich. Denn wir konzentrieren uns zu sehr auf all die neuen Spielsachen, auf die Neuen Medien und Unterhaltungsmöglichkeiten und vergessen dabei allzu leicht auf die wirklich wichtigen Dinge. Auf die Dinge, die uns und unsere Kultur geprägt haben und die unser Leben ausmachen.

Und eines davon sind nun einmal Bücher und die Fähigkeit, zu lesen und das Gelesene mit allen Sinnen aufzunehmen.

Aber es ist sehr schwer, die jungen Menschen heute noch zu erreichen. Es gelingt sicherlich nicht durch Vernunftgründe (jedenfalls viel zu selten) oder harsche Worte.

Das Einzige, das wirklich helfen kann, sie für diese Welt zu begeistern, ist, ihnen vorzuleben, wie schön diese Welt ist, wie sehr sie uns bereichert, wie entflammt wir dafür sind.

Und diesen Weg habe ich versucht in diesem Buch zu beschreiben.

Ich hoffe, dass mir das ein Stück weit gelungen ist, und ich würde mich sehr über eine Rückmeldung freuen (und natürlich habe ich auch ein offenes Ohr für Kritik). Meine Adresse: kontakt@der-leiermann.com

Und vielleicht besuchen Sie auch unsere Online Plattform „Der Leiermann“ oder laden sich meine Kultur App direkt aufs Handy. Denn dort finden Sie immer neue Beiträge aus der Welt der Kunst und Kultur.

Oder Sie stöbern noch ein wenig in meinen beiden anderen Büchern: „Kulturgeschichte der Wiener Küche“ – Rezepte und Anekdoten aus der Welt der Habsburgermonarchie oder „Kulturgeschichten des Kaffees“ – Rezepte und Geschichten der europäischen Kaffeehauskultur.

Ich würde mich freuen!

# Quellennachweis

## Die Zitate stammen aus folgenden Büchern:

**Die Möwe Jonathan**

Richard Bach, Die Möwe Jonathan, Ullstein Verlag 2008, Übersetzung: Jeannie Ebner

**Klingsors letzter Sommer**

Hermann Hesse, Klingsors letzter Sommer, Suhrkamp Taschenbuch 1985, Herausgeber: Volker Michels

**Mein Jahr in der Niemandsbucht**

Peter Handke, Mein Jahr in der Niemandsbucht, Suhrkamp Taschenbuch 2007

**Die Eleganz des Igels**

Muriel Barbery, Die Eleganz des Igels, dtv-Verlagsgesellschaft 2009, Übersetzung: Gabriela Zehnder

**Die Raben**

Arthur Rimbaud, Das poetische Werk, btb-Verlag, Übersetzung / Bearbeitung: Hans Therre, Rainer G. Schmidt

**Gammler, Zen und hohe Berge**

Jack Kerouac, Gammler, Zen und hohe Berge, Rowohlt Taschenbuch 2010, Übersetzung: Werner Burckhardt

**Lebensansichten des Katers Murr**

E. T. Hoffmann, Lebensansichten des Katers Murr, Edition Holzinger 2013

**Hölderlin Gedichte**

Der Tausendjährige Rosenstrauch. Deutsche Gedichte, Heyne Verlag 1982, Herausgeber: Felix Braun

**Immensee**

Theodor Storm, Immensee und andere Novellen, Reclam Taschenbuch 2002

**Bunte Steine**

Adalbert Stifter, Sämtliche Erzählungen: nach den Erstdrucken, dtv-Verlagsgesellschaft 2017, Herausgeber: Wolfgang Matz

Charles Baudelaire, Die Blumen des Bösen, Diogenes Verlag 2002, Übersetzung: Therese Robinson

Robert Schneider, Die Luftgängerin, btb-Verlag 1999

**Fettklößchen**

Guy de Maupassant, Fettklößchen, Dearbooks 2014, Übersetzung: Georg Freiherr von Ompteda

**Bel-Ami**

Guy de Maupassant, Bel-Ami, dtv-Verlagsgesellschaft, Übersetzung: Hermann Lindner

**Das Bildnis des Dorian Gray**

Oscar Wilde, Das Bildnis des Dorian Gray, dtv-Verlagsgesellschaft 2013, Übersetzung: Lutz-W. Wolff

**Was sie trugen**

Tim O´Brien, Was sie trugen: Erzählungen, Fischer Taschenbuch 2001, Übersetzung: Regina Rawlinson

**Rosegger Weihnacht**

Peter Rosegger, Waldheimat, Buchgemeinschaft Donauland 1996

**Der Pate**

Mario Puzo, Der Pate, Rowohlt Taschenbuch 2001, Übersetzung: Gisela Stege

**Der weiße Tiger**

Aravind Adiga, Der weiße Tiger, dtv-Verlagsgesellschaft 2010, Übersetzung: Ingo Herzke

Karl Heussi, Kompendium der Kirchengeschichte, Mohr, Tübingen 1956

**Radetzkymarsch**

Joseph Roth, Radetzkymarsch, dtv-Verlagsgesellschaft 1998

Allen Ginsberg, Gedichte, Rowohlt Taschenbuch 2004, Übersetzung: Heiner Bastian / Michael Kellner / Bernd Samland / Jürgen Schmidt / Peter Waterhouse / Carl Weissner

**Herr und Hund**

Thomas Mann, Herr und Hund: Ein Idyll, Fischer Taschenbuch 1963

**Tonio Kröger**

Thomas Mann, Tonio Kröger, Fischer Taschenbuch 1963

**Verwirrung der Gefühle**

Stefan Zweig, Verwirrung der Gefühle: Erzählungen, Fischer Taschenbuch, Herausgeber: Knut Beck

**Unterm Birnbaum**

Theodor Fontane, Erzählende Werke, Welt im Buch Verlag Kurt Desch 1954

Dr. Jean M. Twenge, Me, My Selfie and I, Mosaik Verlag 2017, Übersetzung: Nikolaus de Palézieux / Hendrik Heisterberg

**Simons Papa**

Guy de Maupassant, Eine Landpartie, Aufbau Verlag 1989, Übersetzung: Christel Gersch

**Der Steppenwolf**

Hermann Hesse, Der Steppenwolf, Suhrkamp Taschenbuch

# Bildrechte

Umschlagbild erstanden über Pixabay Photos, Pixabay Lizent: Freie kommerzielle Nutzung

Kein Bildnachweis nötig, ©TanteTati, persönliche Korrespondenz

# Impressum



1. Auflage 2020



Kontakt: Thomas Stiegler, Badstraße 12, 4710 Grieskirchen, Österreich

kontakt@der-leiermann.com

# Haftungsausschluss

## Haftung für Inhalte

Als Dienstanbieter sind wir gemäß § 7 Abs.1 TMG für eigene Inhalte auf diesen Seiten nach den allgemeinen Gesetzen verantwortlich. Nach §§ 8 bis 10 TMG sind wir als Dienstanbieter jedoch nicht verpflichtet, übermittelte oder gespeicherte fremde Informationen zu überwachen oder nach Umständen zu forschen, die auf eine rechtswidrige Tätigkeit hinweisen. Verpflichtungen zur Entfernung oder Sperrung der Nutzung von Informationen nach den allgemeinen Gesetzen bleiben hiervon unberührt. Eine diesbezügliche Haftung ist jedoch erst ab dem Zeitpunkt der Kenntnis einer konkreten

Rechtsverletzung möglich. Bei Bekanntwerden von entsprechenden Rechtsverletzungen werden wir diese Inhalte umgehend entfernen.

Der Autor übernimmt keinerlei Gewähr für die Aktualität, Korrektheit, Vollständigkeit oder Qualität der bereitgestellten Informationen und weiteren Informationen.

Haftungsansprüche gegen den Autor, welche sich auf Schäden materieller oder ideeller Art beziehen, die durch die Nutzung der dargebotenen Informationen bzw. durch die Nutzung fehlerhafter und unvollständiger Informationen verursacht werden, sind grundsätzlich ausgeschlossen.

## Haftung für Links

Unser Angebot enthält Links zu externen Webseiten Dritter, auf deren Inhalte wir keinen Einfluss haben. Deshalb können wir für diese fremden Inhalte auch keine Gewähr übernehmen. Für die Inhalte der verlinkten Seiten ist stets der jeweilige Anbieter oder Betreiber der Seiten verantwortlich. Die verlinkten Seiten wurden zum Zeitpunkt der Verlinkung auf mögliche Rechtsverstöße überprüft. Rechtswidrige Inhalte waren zum Zeitpunkt der Verlinkung nicht erkennbar. Eine permanente inhaltliche Kontrolle der verlinkten Seiten ist jedoch ohne konkrete Anhaltspunkte einer Rechtsverletzung nicht zumutbar. Bei Bekanntwerden von Rechtsverletzungen werden wir derartige Links umgehend entfernen.

## Urheberrecht

Die durch die Seitenbetreiber erstellten Inhalte und Werke auf diesen Seiten unterliegen dem österreichischen Urheberrecht. Die Vervielfältigung, Bearbeitung, Verbreitung und jede Art der Verwertung außerhalb der Grenzen des Urheberrechtes bedürfen der schriftlichen Zustimmung des jeweiligen Autors bzw. Erstellers. Downloads und Kopien dieser Seite sind nur für den privaten, nicht kommerziellen Gebrauch gestattet. Soweit die Inhalte auf dieser Seite nicht vom Betreiber erstellt wurden, werden die Urheberrechte Dritter beachtet. Insbesondere werden Inhalte Dritter als solche gekennzeichnet. Sollten Sie trotzdem auf eine Urheberrechtsverletzung aufmerksam werden, bitte ich sie um einen entsprechenden Hinweis. Bei Bekanntwerden von Rechtsverletzungen werde ich derartige Inhalte umgehend entfernen.

Printed in Poland
by Amazon Fulfillment
Poland Sp. z o.o., Wrocław

62164709R00076